LES

MYSTÈRES DE ROME

VII

LA GUERRE CIVILE

IV

LES MYSTÈRES

DE ROME

PAR

FÉLIX DERIÉGE

VII

PARIS. — 1851

HIPPOLYTE SOUVERAIN, ÉDITEUR

RUE DES BEAUX-ARTS, 5

1851

I.

Le Nymphée du bois sacré d'Égérie.

Sapala et ses compagnons, en arri-
vant au rendez-vous des pirates, les
trouvèrent réunis, au nombre de cinq
cents, dans le nymphée même, qui for-
mait la première salle ou *frigidarium*
des bains de Sempronia..

La matrone avait voulu qu'ils s'y

reposassent en attendant le départ. Elle avait craint d'éveiller l'attention de la police urbaine en laissant errer dans le bois sacré d'Egérie un aussi grand nombre d'individus suspects.

La nuit était venue. Une torche fumeuse éclairait l'intérieur du nymphée.

C'était une grotte immense qui allait en se creusant sous la pente méridionale du mont Aventin. Quatre colonnes de marbre vert antique en marquaient le milieu, et soutenaient quatre pendentifs dont la courbure se raccordait avec des arceaux d'une hardiesse étonnante. Une coupole enrichie de peintures reposait à l'intérieur sur l'entablement de ces précieux monolithes.

En se plaçant au-dessous de cette coupole, on apercevait, dans l'axe princi-
pal de l'édifice, un vestibule que fermait une porte cintrée, surmontée
d'une fenêtre; puis le nymphée pro-
prement dit, aux murailles de jaspe,
de marbre et de porphyre. Les niches
creusées dans les parois latérales de cette
espèce d'édicule recouvraient trois statues de nymphes et trois statues de
dieux marins. La salle se terminait en
abside. Là, reposait sur une large cor-
niche que soutenaient des consoles admirablement sculptées, le simulacre de
la nymphe Egérie.

Un de ses bras était appuyé sur son
urne penchante; l'autre, allongé sur
son corps de sylphide, pressait les fines

draperies d'une tunique de lin., Trois
mascarons versaient au-dessous d'elle
une eau pure dans un bassin de jaspe-
onyx. Neuf grandes rosaces d'albâtre
s'épanouissaient à la voûte dans un pareil nombre de caissons d'airain.

A droite et à gauche des colonnes de
vert antique dont nous avons parlé, en
retraite de l'alignement du nymphée
et de son vestibule, s'ouvraient deux
vestiaires, non moins ornés que le reste
de l'édifice. L'un d'eux communiquait
par une étroite ouverture latérale avec
la deuxième salle de bain, que les anciens nommaient *tepidarium.*

Juvénal visitait quelquefois le nymphée du bois sacré d'Egérie. La tradi-
tion rapportait de son temps que cette

construction avait remplacé la caverne agreste où la nymphe aimait à s'entretenir avec Numa. Le poëte déplore éloquemment dans sa troisième satire, que les architectes en aient changé l'antique physionomie. Il voudrait que l'image de la déesse fût couchée au fond d'une grotte obscure; qu'elle eût encore, pour s'y mirer, une nappe d'eau entourée d'un frais gazon... Le temps a presque réalisé ses vœux.

Les bains de Sempronia tombent en ruine. Vestibule, colonnes, statues, marbres précieux, tout a disparu. Une large voûte, béante à l'air, des murs énormes qui dressent vers le ciel leur masse inutile, çà et là quelques tronçons de colonnes, voilà tout ce qui reste du nymphée de la matrone. L'herbe en a remplacé les mosaïques. La scolopendre, le lierre, les giroflées sauvages, aux pétales dorés, étendent partout sur ces décombres leur végétation luxuriante. Un orme a pris racine dans l'un des vestiaires, et son tronc noueux s'est courbé sous l'effort du vent.

Sapala s'arrêta, saisi d'étonnement, à l'entrée du monument où l'attendaient ses loups des bois latins. Couchés par terre, ils étalaient paisiblement leurs guenilles sur des mosaïques étincelantes. Les uns dormaient ; d'autres jouaient aux osselets ; d'autres encore rêvassaient, le dos appuyé contre les

murailles, car les enfans de Sapala n'a-
vaient pas appris à réfléchir.

La torche, qui jetait sur eux par
soubresauts tantôt de l'ombre et tantôt des lueurs rougeâtres, ne limitant
pas avec précision l'étendue réelle du
nymphée, en rendait l'aspect plus grandiose, plus imposant. L'ombre diver-
gente des colonnes s'allongeait démesurément sur le sol du vestibule. A
travers ces grands fûts de marbre, on
voyait les statues de l'autre enceinte
parfois s'effacer dans les ténèbres, et
parfois ressortir, blanches et gracieuses
dans leurs poses, des niches à coquilles
qui les recouvraient. Un artiste n'eut
pas manqué de peindre les mâles figures de brigands qui servaient d'acces-

soires à ce tableau; Salvator les eût es-
quissées avec amour.

—Ah ! ah ! on dort ici, dit Sapala
en entrant dans le nymphée, on joue
aux osselets, on fait tranquillement sa
petite saturnale !

Tous les pirates à cette voix bondi-
rent comme s'ils eussent été poussés par
un même ressort; en un clin d'œil ils
furent debout.

Sapala vint se placer au milieu de la
salle.

—Pimbetta, reprit-il, qu'as-tu fait
de Cruscellus?

—Le voilà, maître, répondit le lieutenant en poussant de toutes ses forces
le tondeur vers Sapala.

Cruscellus perdit l'équilibre, et vint tomber, en rasant la terre, aux pieds du jeune chef.

Il se releva, et, grimaçant un sourire,

—Bonjour, maître, dit-il ; j'ai bien du plaisir à vous revoir.

—Ventre de Silène ! j'en suis persuadé, d'autant plus que je t'amène un sénateur de tes amis. Montre-toi, Curius.

Le malheureux amant de Fulvie, les mains liées derrière le dos et le visage inondé de larmes, s'approcha de Cruscellus.

—Le reconnais-tu ? demanda Sapala au tondeur.

Celui-ci resta muet d'épouvante et de pitié.

— Grâce ! grâce ! murmura Curius.

Un frémissement de colère parcourut tous les rangs des bandits. Ils avaient appris, soit par la rumeur publique, soit par le récit de leurs camarades qui avaient opéré l'arrestation de Curius, le rôle que ce misérable avait joué pendant la conjuration.

— Eudamon, Pimbetta, interrompit le jeune chef en s'adressant à ses lieutenans, faites-moi bâillonner ces deux vauriens. Nous allons discuter tous ensemble une question des plus graves, et je ne veux pas que leurs plaintes troublent nos délibérations.

L'ordre de Sapala fut exécuté sur-le-champ. On lia bras et jambes aux prisonniers, on les sépara l'un de l'autre, et on les jeta au pied d'une muraille, afin de n'avoir plus à s'en occuper.

—Enfans, reprit le chef des pirates, j'ai arrêté le traître Curius sur la berge du Tibre, pendant qu'il charmait ses loisirs en faisant ricocher des pierres à la surface de l'eau; et comme j'aime à vous procurer, suivant mes faibles moyens, toute sorte de plaisirs, j'ai résolu que nous expédierions ce soir ledit Curius et son ami le tondeur, en assaisonnant leur supplice de quelques brins de gaîté. Qu'en pensez-vous?

Ces paroles de Sapala excitèrent

dans l'auditoire un long murmure de satisfaction.

—Or, chaque homme ayant une manière à lui de s'égayer, poursuivit-il, ce qui amuse les uns n'amusant pas les autres, je vous invite tous, sans aucune exception, à me communiquer vos idées personnelles touchant la manière de tuer gaîment un homme. Il importe peu que le genre de mort soit horrible pourvu qu'il soit bouffon. Parle, Eudamon, quel est ton avis?

Eudamon, qui était un individu gros et court, aux cheveux crépus, à la face avinée, gai comme un pinson et méchant comme un tigre, s'avança au milieu du nymphée, et dit :

—Je connais un jeu très-drôle qui

consiste à allumer un morceau de bois
sec et à se le faire passer de main en
main tandis qu'il brûle, en disant : —
Le petit démon vit encore. On punit
celui qui le laisse éteindre. Sauf quelques modifications légères, on peut ap-
pliquer facilement ce jeu au supplice
de nos prisonniers.

— Et comment cela ? fit Sapala.

— Je prends Cruscellus, je lui abats
une oreille et je le transmets à mon voisin en prononçant la formule : — Tondeur vit encore ! Mon voisin lui coupe
une main, et le repasse à un autre en
répétant les mêmes paroles. Ainsi de
suite jusqu'à la fin.

— Oh ! oh ! oh ! s'écrièrent les brigands.

Un soupir étouffé partit de l'endroit où Cruscellus gisait garrotté.

— Et quelle peine infligerons-nous à celui de nos compagnons entre les mains duquel la victime aura cessé de vivre! poursuivit Sapala.

— On le forcera de l'enterrer.

— Pas mal, pas mal, répliqua le chef des pirates. La manière d'expédier nos traîtres qu'Eudamon nous enseigne a ses charmes. Explique-nous la tienne, Pimbetta.

Celui-ci, grand coquin de la plus belle venue, et que son nez camard et ses mâchoires saillantes faisaient ressembler à une hyène, s'empressa de manifester son opinion.

— Lions nos prisonniers dans un fagot de broussailles sèches auxquelles nous mettrons le feu, dit-il. Je suis sûr qu'ils danseront, sans flûtes et sans castagnettes, un ballet des plus réjouissans.

— Ventre de Silène ! ton fagot me séduit, lieutenant, répondit Sapala.

— J'avoue qu'on aurait tort de mépriser les broussailles ardentes de Pimbetta, interrompit Eudamon ; et cependant je persiste à solliciter toute la bienveillance de la société pour mon jeu du *Tondeur qui vit encore.*

— Figurez-vous en effet, mes amis, qu'on nous livre Cruscellus pour expérimenter sur lui ce qu'un homme peut souffrir avant d'expirer. Oh ! d'abord, chacun de nous coupera dans le vif suivant son appétit. On le détaillera membre par membre, sans trop regarder comment on frappe. Mais quand il n'en restera plus qu'un tronc informe, quand affaibli par la douleur, il semblera ne plus respirer que par artifice, comme nous le soignerons, comme nous le ménagerons, comme nous le disséquerons fibre par fibre, ce cher Cruscellus! On tremblera d'enfoncer le poignard dans ses chairs palpitantes, de provoquer une syncope qui le tue. Nous aurons une heure de plaisir, pourvu qu'en débutant nous ménagions un peu les forces de nos prisonniers.

Curius agonisait de terreur.

—Enfans, reprit Sapala en s'adressant à l'assemblée, si quelqu'un d'entre vous veut ouvrir sur la question présente un avis raisonnable, il a le droit de parler.

Un vieux brigand, qui avait acquis sur la troupe une grande réputation de sagesse, s'avança au milieu du nymphée.

Il s'inclina profondément devant son chef.

—Explique-toi, dit ce dernier.

Le pirate s'exprima comme il suit :

— Maître, quand nous faisions la guerre en Cilicie contre Pompée le Grand...

—C'est bien ! c'est bien ! nous connaissons parfaitement tes histoires de batailles. Comment penses-tu qu'on doive s'y prendre pour tuer agréablement le tondeur Cruscellus et son compagnon ?

— Je n'en sais rien.

— Alors, va-t'en.

Le bandit salua de nouveau et rentra dans les rangs.

— Maître, fit un autre vaurien, ordonne que le tondeur et Curius se battent en combat singulier.

— Un sénateur contre un barbier ! repartit Sapala; mais l'idée me paraît excellente pour un jour de Saturnale. Qu'en dis-tu, Eudamon ?

— Ce sont deux lâches qui n'en

viendront jamais sérieusement aux mains.

— Et toi, Pimbetta ?

— Oh ! répondit le lieutenant, si nous voulons attendre que l'un de ces deux coquins tue l'autre, nous ne partirons pas avant demain.

— Par le thyrse de Bacchus ! répliqua le jeune homme, je voudrais bien qu'ils se permissent de me résister. — Enfans, poursuivit-il, vous plaît-il que nous vous montrions le tondeur Cruscellus s'escrimant contre le descendant de Curius Dentatus ?

— Oui, oui ! dirent les brigands.

— Quelles armes leur donnerons-nous ?

—Celles qu'ils voudront.

—Déliez ces deux vauriens, ajouta le chef des pirates.

Puis se penchant vers Eudamon, tandis qu'on exécutait ses ordres,

—Cours à la maison de Sempronia, reprit-il; annonce à cette noble matrone que nous tenons Curius prisonnier, et dis-lui qu'elle vienne au plus tôt voir comment je sais venger Catilina. — Pimbetta, continua le chef après avoir attiré auprès de lui le second de ses lieutenans, tu surveilleras ces misérables tandis qu'ils se battront, et quand l'un d'eux aura tué l'autre... tu comprends?

—Il faut promettre sa grâce au vain-

queur, répondit en riant Pimbetta ; ce
qui ne m'empêchera pas de lui passer
mon épée au travers du corps. Ah ! de
cette manière, on obtiendra peut-être
qu'ils s'escriment en conscience : rien
n'est brave comme un poltron... quand
il a peur.

On ramenait les prisonniers vers le
centre de la salle.

—Curius ! murmura le tondeur à
l'oreille de son compagnon d'infortune.

—Eh bien ?

—Gagnons du temps, prolongeons
notre agonie : j'ai écrit deux lettres ce
matin, et, si elles ont été remises à
leur adresse, bien sûr il nous arrivera
du secours.

On avait placé Curius et son compagnon vis-à-vis de Sapala.

— Nous avons résolu, vauriens, leur dit-il, que vous vous battriez l'un contre l'autre jusqu'à ce que l'un des deux succombe. Et comme nous savons que vous ne brillez point par le courage, et que vous n'avez pas coutume de chercher des coups par agrément, nous nous sommes décidés à faire grâce à celui d'entre vous qui aura blessé l'autre le plus grièvement. Ces propositions sont honnêtes et vous les acceptez avec reconnaissance, j'en suis persuadé.

Les deux prisonniers s'inclinèrent. Ils ne quittaient pas des yeux la porte du nymphée par laquelle Eudamon était sorti.

Cruscellus s'était rattaché, dans ce danger pressant, à une bien faible espérance. Pouvait-il croire, même en supposant que l'hôtelier de l'Aventin eût remis ses deux lettres à leur adresse, que Tertia ou le centurion suivrait la trace des pirates jusqu'au bois sacré d'Egérie?

Mais l'infortuné embrassait avec l'énergie du désespoir l'unique planche de salut qui lui restât.

— On vous permet de choisir vos armes, reprit Sapala. Vous pourrez donc vous tuer, suivant votre inclination, soit avec le filet du rétiaire, soit avec le cordon du laquéateur, soit enfin avec les deux épées des dimachaires. Comment veux-tu te battre, Cruscellus? ajouta le bandit.

—Moi, répondit le tondeur, je préfère ne pas me battre du tout.

—C'est bien. Et toi, Curius?

—Je suis de l'avis de Cruscellus, repartit le sénateur.

—On va donc vous clore exactement les yeux avec un bandeau, poursuivit Sapala, vous donner des épées de longueur égale, et vous imiterez devant nous les *andabates* des cirques : je ne connais pas d'autre manière de s'égorger qui convienne à la solennité d'aujourd'hui.

C'était en effet par une lutte d'*andabates* que se terminaient ordinairement à Rome les présens de gladiateurs ; lutte non moins grotesque qu'horrible, où les deux champions se heurtaient sans se chercher, se fuyaient sans se voir, tuaient ou mouraient dans les ténèbres, d'une mort d'autant plus épouvantable qu'elle ne leur attirait, de tous les gradins de l'amphithéâtre, qu'injures et malédictions.

Le peuple romain, ce peuple blasé, insensible aux souffrances humaines, raisonnait, raffinait sur tous ses plaisirs, même sur ceux qu'il cherchait dans l'assouvissement de sa cruauté.

Dans les combats de gladiateurs, il fallait, pour le satisfaire, qu'on tuât gaîment un homme à la fin du spectacle.

Les pirates accueillirent par des cris de joie les paroles de leur chef.

On apporta deux épées.

Le sénateur et Cruscellus avaient fait jusque-là bonne contenance. Mais ils pâlirent à la vue des armes acérées, brillantes, qu'on leur destinait. Ils eurent froid l'un et l'autre et échangèrent un regard désespéré.

—Aie pitié de moi! aie pitié de nous, Sapala, s'écria Cruscellus en se jetant aux pieds du bandit.

Ce dernier se prit à rire.

—Il faut que tu sois bien prodigue des instans qui te restent à vivre, répondit-il, pour implorer la pitié de Sapala.

— Songe à l'instabilité des choses humaines, ajouta Curius.

— Ah! par les Furies! la phrase est jolie. Pour moi, l'instabilité des choses humaines a deux termes bien connus, je te l'assure. Quand il me tombe sous la main des coquins de ton espèce, je les tue; et si jamais on m'attrappe, on m'étranglera sans forme de procès : imite mes pareils qui, dans ce dernier cas, ne songent point à réclamer.

— Errer dans les ténèbres, murmura Cruscellus en frissonnant, sans voir le glaive qui vous menace, recevoir le coup fatal, tomber, se rouler sanglant sur le sol, au milieu d'hommes que vos souffrances réjouissent, dont pas un n'a de commisération pour votre malheur, de larmes pour votre agonie... ah ! c'est un affreux supplice que je ne puis affronter !

—La nuit s'avance, reprit Sapala. Apportez des broussailles ; flambez-moi ces deux coquins, et partons.

A ces mots, Cruscellus s'étant résigné, prit d'une main tremblante l'épée qu'on lui présentait. On mit un autre glaive dans celle de Curius.

Mais quand il sentit le froid de l'acier, le sénateur tressaillit, jeta l'épée loin de lui, et, se plaçant devant Sapala les poings serrés, l'œil en feu, et les lèvres crispées de terreur.

—Non, non ! je ne me battrai point ! s'écria-t-il, le petit-fils de Curius Den-

tatus ne mourra pas comme un gladia-
teur.

— Que de façons, que de façons !
dieux immortels ! dit le chef des pirates avec dépit. Songes-y bien, misérable, il ne tient qu'à moi de te livrer à
la dent et aux griffes de mes loups, et
si jamais ils les plongent dans ta chair
maudite, chacun d'eux voudra en avoir
son morceau.

—Grâce ! grâce ! répétait Curius en
sanglottant.

Il pencha le front sur sa main. Les
traits contractés par l'effort de son in-
telligence, le regard fixe et dirigé vers
la terre, il cherchait un moyen suprême d'éviter la mort. Puis, se redressant,

—Sapala, murmura-t-il; un grand

danger te menace. Accorde-moi la vie,
et je te fournirai les moyens de l'éviter.

— Et que dois-je craindre ?

— Tu vois cet homme ?

Et Curius montrait le tondeur.

— Après ?

— Ce matin il t'a dénoncé.

— Lâche ! interrompit Cruscellus en
agitant son glaive.

— Et maintenant, ajouta le sénateur, il attend les soldats qui s'avancent
pour vous exterminer.

— Encore de la trahison, de la calom-
nie, infâme ! s'écria Cruscellus, quand
ta dernière heure approche, quand tu
vas paraître devant la justice des dieux
immortels !

Il courut l'épée haute sur l'amant de Fulvie.

— Tue-le ! tue-le ! disait Sapala.

N'écoutant que sa frayeur, Curius alla se perdre dans la foule des brigands en demandant un glaive à grands cris.

On le ramena au milieu du nymphée ; on lui appliqua sur les yeux, ainsi qu'au tondeur, une épaisse bande de laine qui, serrée autour de la tête, pressait fortement les paupières, grâce à l'élasticité du tissu ; on les désorienta l'un et l'autre en les faisant pirouetter diverses fois sur eux-mêmes. Curius reçut l'arme qu'il demandait, et les bandits se hâtèrent de prendre place autour des combattans.

Il y eut d'abord dans le nymphée un

grand tumulte d'hommes qui se heur-
tent, se querellent, se hissent, en s'ai-
dant de leurs jambes et de leurs bras
robustes, le long de chaque colonne,
de chaque pilastre, jusqu'aux corni-
ches de la voûte.

Quand ce bruit se fut calmé, une
triple rangée de pirates, disposés par
rang de taille, s'arrondissait aux extré-
mités de l'édifice. Partout d'ignobles
profils, des tuniques en haillons, se
montraient à côté de statues aux traits
délicats, aux nudités gracieuses, à demi
voilées sous de fines draperies. Un groupe de bandits pyramidait au-dessus du
monument de la nymphe Egérie. Au
sommet de l'entablement, des hommes
à demi-couchés représentaient des si-

mulacres de fleuves par la majesté de leur attitude. Des talons sans souliers battaient les moulures de la frise; çà et là, une figure enluminée de satyre s'ajoutait aux ornemens d'un chapiteau.

L'aspect général du nymphée présentait un bizarre assemblage de tout ce que l'imagination peut concevoir de plus riche, de plus élégant, de plus grandiose, à côté des plus dégradantes images de la débauche et de la pauvreté. C'était un sabbat de démons en guenilles au milieu d'un temple grec, une orgie d'Holbein ou de Téniers dont Paul Véronèse aurait dessiné le fond.

Il n'y avait de convenable dans ce pandémonium que la lumière fumeuse

vacillante, qui l'éclairait par soubresauts. Les premiers plans du tableau
s'enlevaient sur les autres avec vigueur;
Rembrandt seul eût été capable d'en
trouver les tons sur sa palette féconde
en effets saisissans.

Le nez au vent, les mains s'agitant
dans le vide, Curius et son adversaire
cherchaient à saisir autour d'eux un
objet qui pût guider leurs pas.

Des avertissemens pour la plupart
trompeurs : — en avant, — en arrière,—
surveille ta droite, — frappe à gauche;
des lazzis grossiers, des éclats de rire
discords, assourdissaient les oreilles des
combattans. Ils excitaient, dès qu'ils
approchaient d'un groupe, une effroya-
ble tempête d'injures, et se rejetaient

alors en arrière, semblables à des bêtes fauves que des chasseurs ont cernées et qu'ils épouvantent par leurs cris.

— C'est Plutus et l'Amour qui se poursuivent, disait l'un.

— Voilà deux divinités bien déchues, répondait un autre.

— Où suis-je? murmura Cruscellus, las de tourner sans cesse dans une espace qui lui semblait sans limites.

— Est-il curieux, ce tondeur? fit Pimbetta.

— Poussons-les à l'encontre l'un de l'autre.

— Non, non! il vaut mieux qu'ils se frappent à l'improviste, ce sera plus gai.

— Quel joyeux combat!

— Quelle bonne Saturnale!

—Silence à l'orchestre des sénateurs! s'écria un bandit caché dans
les frises.

Tous les autres éclatèrent de rire.

—Enfans! interrompit Sapala, nos
gladiateurs sont en présence; les paris
sont ouverts.

—Un as pour Cruscellus.

—Deux as pour son adversaire.

—Un quinaire au premier sang.

—Tenu. On se paiera sur la pro-
chaine prise.

—Oui, oui! C'est entendu.

—Les enfans jouent gros jeu, ajouta
Sapala en se penchant à l'oreille de son
lieutenant; ils vont se ruiner, ventre
de Silène! pour ces deux coquins.

Les enfants jouaient cinq sous !

— Compagnons... fit Curius en ré-
clamant le silence de la main.

— Ah ! ah ! notre sénateur médite
une harangue. Écoutons !

— Compagnons, poursuivit Curius,
je ne connais pas l'art de me battre
les yeux bandés ; mes parens ne me
l'ont point appris.

— Cela se devine.

— Voici donc l'arrangement que je
propose.

Il tira des dés de sa poche.

— En supposant que ma proposition
vous agrée, Cruscellus et moi jouerons
à qui des deux tuera l'autre au plus
fort numéro.

La fureur du jeu, même en cet instant fatal, tourmentait encore l'incor-
rigible amant de la courtisane Fulvie.

—On t'appliquera vingt coups de
bâton à la première réflexion de ce
genre que tu te permettras, répondit
le chef des bandits.

Guidé par la voix de son adversaire, Cruscellus se rapprochait de lui;
mais, bien qu'il marchât avec les précautions les plus grandes, il ne pouvait dissimuler complètement le bruit
de ses pas. Penché en avant, retenant
son haleine, Curius l'écoutait venir.
Le sénateur fond tout-à-coup sur son
adversaire; celui-ci se détourne, et Curius va heurter du front le genou de
l'une des statues qui décoraient les
murailles du nymphée.

Il recula, étourdi par la violence du choc.

Des cris de joie : — Evohé ! Evohé ! Io Saturnalia ! ébranlèrent la voûte de l'édifice.

—Imbécile ! qui prend Cruscellus pour un dieu marin ! dit Sapala.

—Et la peau du tondeur pour du marbre de Paros ! ajouta un autre interlocuteur.

—Qu'a-t-il fait ? demandaient les spectateurs du dernier rang ; nous ne voyons rien ici. A genoux, à genoux ! dans les stalles des chevaliers.

En ce moment Eudamon rentra. Sempronia n'avait pas voulu quitter sa maison, mais elle recommandait vivement Curius aux bons soins de Sapala.

—Nous ferons nos efforts pour justifier la confiance de cette noble matrone, répondit le chef des pirates à
son lieutenant quand il eut appris les
volontés de Sempronia.

Cependant les combattans étaient
parvenus, malgré leurs bandeaux, à
entr'ouvrir quelque peu les paupières; d'étroites zones de lumière, qu'ils
apercevaient devant eux, suffisaient
pour les guider; connaissant leur situation au milieu du champ de bataille,
ils semblaient moins timides. Comme
deux animaux féroces qui vont s'attaquer, ils tournaient autour l'un de l'autre; un demi-silence régnait dans le
nymphée; le dénoûment du drame qui
se jouait devant les pirates approchait.

Cruscellus s'accroupit contre une muraille, vis-à-vis de la torche qui éclairait cette horrible scène, et attendit que l'ombre de son adversaire passât devant lui.

Celui-ci, revenu de son trouble, tourmenté par un immense désir de vivre, irrité par les insultes dont on l'avait abreuvé, parcourait, haletant, l'espace que le tondeur lui abandonnait. Sa poitrine se gonflait de colère ; une sueur froide inondait son front. De la pointe de son épée, il sondait, pour ainsi dire, les ténèbres où se cachait la victime qu'il voulait frapper.

—Bon, reprit Sapala. La querelle s'échauffe ; elle ne tardera pas à se terminer.

— Avance, avance, brave Curius! fit Eudamon en pouffant de rire.

— Inspecteurs des jeux, interrompit un des brigands dont le pari s'élevait à la somme de cinq as (25 centimes), imposez silence aux patriciens du *podium* *.

— Quel est l'insolent qui ose nous apostropher? demanda Eudamon.

— Nous avons exposé notre argent et nous ne voulons pas que l'on influence par des conseils l'un ou l'autre des combattans.

— Drôles !

— A la porte les patriciens du podium !

* *Podium*, soubassement d'un théâtre ou d'un cirque, où se trouvaient les loges des sénateurs et des patriciens les plus distingués.

—Je vous ferai châtier !

Cette parole du lieutenant de Sapala ne fit qu'augmenter la colère des spectateurs ; les cris : A la porte les patriciens ! retentirent de toutes parts.

—Tais-toi, Eudamon, dit le chef à ce dernier. Tu as tort d'influencer le combat ; les enfans jouent gros jeu.

Curius n'était plus qu'à deux pas du tondeur.

—Alerte ! Cruscellus, murmurèrent à l'oreille du barbier quelques jeunes bandits ses voisins.

—Allons, interrompit un des parieurs, voici que les Vestales se mêlent à la conversation.

Le tondeur s'élança brusquement

sur Curius et lui fit à la joue une large blessure d'où le sang jaillit à grands flots.

Le visage du sénateur, ses habits et ses mains en furent inondés.

Un tonnerre d'applaudissemens éclata dans le nymphée.

—Maudit Curius ! s'écrièrent plusieurs voix, je perds la moitié de mon enjeu au coup que tu viens de recevoir.

—Maladroit ! il se bat contre un barbier et ne songe pas à garantir son menton !

—Cruscellus y voit, objecta un des brigands.

— Et l'autre n'y voit-il pas aussi ?

Le blessé était fou de honte, de rage

et de douleur. La lutte qu'il soutenait avait réveillé dans son âme une énergie désespérée. Il n'eût pas craint en ce moment de voir face à face un ennemi quel qu'il fût, de lui rendre coup pour coup, blessure pour blessure ; ce qui l'irritait, ce qui excitait en lui une fureur insensée, c'était d'être exposé sans défense aux coups d'un adversaire qu'il n'apercevait pas, et qui s'enfuyait dès qu'il avait frappé.

Il courait éperdu au milieu de la salle en criant :

— Cruscellus !... lâche ! montre-toi; délions nos bandeaux, et combattons à armes égales, avec chacun notre part de lumière et d'espace !

Et il se heurtait aux colonnes, aux

murailles, et il sentait à chaque instant
pénétrer dans ses chairs brûlantes la
pointe des glaives que lui présentaient
les pirates, quand il s'approchait d'eux.

Enfin n'en pouvant plus, il s'arrêta
et fit entendre un blasphème horrible,
qui traduisait toutes les passions furi-
bondes dont il était agité.

Cruscellus s'était accroupi de nouveau dans l'ombre, semblable à une
hyène qui guette sa proie.

Un silence solennel régnait dans le
nymphée. L'eau murmurante que versaient les mascarons semblaient gémir
en tombant dans sa vasque de jaspe-
onyx.

Le tondeur aperçut de nouveau l'om-

bre de Curius s'allonger vers lui. Il bondit une seconde fois, saisit le sénateur
au manteau et le poursuivit dans sa
fuite en le frappant à coups redoublés.
Trois fois l'épée de Cruscellus se leva
sur le blessé, et trois fois elle s'abattit
dans le vide. Curius se retourna brusquement et poussa devant lui son arme
au hasard. Un cri d'angoisse et un cri
de victoire résonnèrent en même temps
sous les voûtes de l'édifice; Curius avait
senti, à la résistance qu'éprouvait son
glaive, qu'il n'avait pas inutilement
frappé; percé de part en part, le tondeur roula sur la mosaïque du pavé.

Curius s'acharna sur le cadavre presque inanimé de sa victime et le perça
de mille coups.

Au même instant les sons du buccin réveillèrent les échos du bois sacré. La porte s'ouvrit et une cohorte de soldats s'avança au pas de charge dans le vestibule du nymphée.

II.

Le Massacre.

Sapala abattit d'un coup d'épée la torche suspendue à la muraille ; soldats et pirates disparurent dans les ténèbres.

—Curius avait raison, le tondeur nous a trahis, murmura Pimbetta à l'oreille de son chef.

—Pris, pris comme des renards dans leur terrier ! s'écria le bandit. — La porte qui conduit du nymphée aux bains de Sempronia est-elle fermée? ajouta-t-il.

— Si nous pouvions pénétrer dans ces salles ténébreuses, auxquelles on n'arrive que par d'étroits couloirs, dit Eudamon, nous opposerions encore une longue résistance aux troupes du consul.

Un lourd panneau de chêne, encadré dans un massif énorme de maçonnerie, séparait les bains de Sempronia de la salle où gisait le cadavre de Cruscellus ; les pirates essayèrent en vain de le briser. Leur chef les arrêta après quelques efforts infructueux.

— Nous n'avons point de grâce à espérer : ne songeons qu'à nous bien défendre, reprit-il.

En effet, les pirates de la Méditerranée et les brigands des marais Pontins étaient abhorrés de la population de Rome. Les premiers avaient mis, quelques années auparavant, la République même en péril ; on racontait sur les autres cent histoires épouvantables de meurtres et de vols. Sapala et ses gens avaient deux titres pour un à n'être pas épargnés.

Le jeune chef termina rapidement ses préparatifs de défense.

Il disposa la moitié de ses hommes par groupe de cinquante personnes au fond de l'édifice, et jeta le reste dans les vestiaires; tous devaient attaquer ensemble les soldats romains, en tête et sur les flancs.

Un tribun militaire à cheval parut à la porte du nymphée. Deux centurions portaient des torches derrière lui.

L'officier supérieur examina attentivement l'attitude des pirates. On n'apercevait sous la voûte aux riches ornemens que des masses confuses au milieu desquelles brillaient quelques épées.

Sur le premier plan gisait un cadavre dont la tunique blanche, à la lueur des torches, se détachait avec vigueur du pavé brun sur lequel il reposait.

Alors un homme haletant, éperdu,

souillé de sang, dont une large balafre partageait en deux le visage, s'élança vers les Romains.

— A mon secours, soldats ! criait-il.

Les rangs de ces derniers s'ouvrirent pour le recevoir. Il courut au tribun, et tendant vers lui des mains suppliantes,

— Ayez pitié de moi ! poursuivit-il ; j'ai été blessé dans une lutte affreuse ! mes yeux se voilent, les forces m'abandonnent, une soif horrible me dévore, je me sens défaillir !

Le malheureux s'affaissa sur lui-même et tomba par terre évanoui.

— Surveillez cet homme et donnez-lui des soins, dit le tribun, en s'adressant à ses centurions.

On transporta le blessé dans le bois
sacré d'Egérie.

C'était encore Rutuba que Cicéron
avait opposé aux pirates.

A peine le consul avait-il appris de
Tertia et du jeune tribun que cinq cents
voleurs des marais Pontins, mandés à
Rome par Catilina, occupaient les ta-
vernes du mont Aventin, qu'il avait
résolu de les détruire. Par fortune,
Sextius, questeur de Marc-Antoine,
était revenu de Capoue avec trois cohortes, après avoir pacifié cette ville.
Cicéron avait opposé ces troupes à Métellus Népos et à Bestéa, qui suscitaient
contre lui une violente cabale. Rassuré
par la contenance ferme que prenait
Caton vis-à-vis de ces tribuns séditieux,

le consul pensait à envoyer Sextius en
Etrurie pour hâter la perte de Catilina. Il détacha de la petite armée du
questeur sa meilleure cohorte pour
donner la chasse aux pirates, et chargea Rutuba de conduire l'expédition.

Le valeureux officier n'avait plus
trouvé au mont Aventin les brigands
qu'il poursuivait; mais il avait suivi
leurs traces, et venait de les rejoindre
dans le nymphée du val d'Egérie.

L'homme auquel Sapala avait affaire
était d'autant plus redoutable qu'il
connaissait parfaitement les ressources
qu'offrait ce lieu, soit pour se défendre,
soit pour attaquer.

Il sauta à bas de son cheval après
avoir étudié la position de l'ennemi, et

tirant à l'écart un de ses centurions les plus intelligens,

—Tu vas prendre la tête de la colonne, lui dit-il. Tu en disposeras les deux premiers rangs en triangle; tu avanceras jusqu'à ce que le sommet de ce triangle occupe le centre du nymphée. Dès que tu seras attaqué, change, par un léger mouvement de conversion sur la droite et sur la gauche, ton ordre de bataille en un carré. Réponds-tu de n'être pas entamé durant cette manœuvre?

—Oui, mon tribun.

—Va donc? je me charge du reste.

Le centurion s'éloigna, et Rutuba donna le signal du combat.

On n'entendit d'abord dans le nym-

phée que les pas mesurés de la pesante
infanterie qui s'avançait pour accomplir
son œuvre de destruction.

Mais à peine eut-elle atteint le centre de l'édifice, qu'une nuée d'hommes
se précipitèrent sur elle en jetant de
grands cris. Ils se brisèrent contre cette
muraille vivante de boucliers, reculè-
rent, blessés, repoussés, mais non encore vaincus. Ils tentèrent une seconde,
une troisième attaque, laissant à chaque
charge nouvelle une foule des leurs
sur le carreau.

On s'escrimait en tumulte du côté
des pirates; les commandemens s'y
donnaient à haute voix avec accompa-
gnement de blasphèmes; l'infanterie
romaine se battait au contraire avec

sang-froid, sans mot dire, attentive à ne pas rompre son ordonnance, et à ne porter que des coups bien assurés. Elle présenta bientôt l'aspect d'un carré formidable, appuyé par ses angles aux quatre colonnes de marbre qui s'élevaient au milieu du nymphée.

Alors, à un signal donné, cent hommes de troupes légères tombent sur les pirates. Le combat dégénère en massacre ; les gens de Sapala se dispersent; on les poursuit, on les cloue aux murailles, on les égorge sur les statues des dieux. Leur sang coule à flots sur la mosaïque du pavé et va rougir l'onde pure qui gazouille dans ses aqueducs de porphyre. La caverne paisible, destinée au repos, aux doux plaisirs du bain ; l'édi-

cule consacré par les chastes amours de
la nymphe Egérie et du sage de Cures,
est plein de tumulte, de cris déchirans,
de gémissantes et lugubres agonies.

On se battait encore avec acharnement à l'extrémité de l'édifice. C'était
là qu'Eudamon, Pimbetta et leur chef
s'étaient réfugiés. Mieux armés que
leurs soldats, ils vendaient chèrement
leur vie. Un flot d'hommes se précipita
vers eux; ils s'agitèrent un moment
encore au milieu de cette vague homi-
cide; puis elle bondit sur eux et les
engloutit.

Ainsi se termina la première journée
des Saturnales, pendant laquelle Lentulus avait voulu réaliser ses projets de
massacre et d'incendie.

Le tribun et sa petite armée avaient repris le chemin de Rome. Rutuba marchait à quelque distance de sa troupe. Son cheval blanc, magnifique présent du consul Cicéron, qu'il en avait reçu au retour du pont Milvius, s'avançait lentement le long du sentier jonché de feuilles sèches. Des souvenirs à la fois doux et tristes obsédaient l'âme du fier tribun.

Il parcourait cette même route que Sempronia lui avait indiquée à la suite de leur première entrevue au bois sacré d'Egérie. Il recueillait malgré lui, sur les arbres séculaires qui la bordaient, les doux pensers d'amour qu'il leur avait jadis confiés.

Qu'il était jeune encore, il y avait

trois mois à peine! Qu'il comprenait
bien le bonheur d'aimer, de vivre à
deux unis par une communauté sainte
des mêmes sentimens, des mêmes peines et des mêmes plaisirs! Hélas! ces
illusions d'une jeunesse tardive, qu'il
avait sauvées des premières séductions
de l'adolescence, qu'il avait rapportées
toutes naïves, toutes parfumées de poésie de ses lointaines campagnes, le sourire menteur d'une femme les avait à
jamais détruites!

Qu'ils sont heureux, pensait-il, ceux
qui trouvent pour l'aimer une jeune
fille au cœur simple, au doux regard,
dans l'œil pur de laquelle chacune de
leurs pensées vient se refléter! Mais
lui, de quelle horrible femme il s'était

épris ! Sempronia devait être quelque
furie jalouse, qui avait revêtu une forme gracieuse pour le séduire et pour
le perdre.

Il évoquait un à un tous les affreux
souvenirs qu'elle avait laissés dans sa
mémoire, quand il entendit les broussailles s'agiter autour de lui. Il se retourna, arrêta son cheval : une femme
vint s'appuyer, les mains jointes, sur
le garrot de sa monture, le suppliant
des lèvres, l'enveloppant tout entier
de son regard.

— C'est moi, lui dit-elle.

— Oh ! je vous reconnais, Sempronia, répondit le tribun. Votre image
est de celles que ni le temps, ni les
distractions du monde ne peuvent effa-

cer, car elle réveille le plus poignant, le plus affreux des remords.

— Vous partez demain pour l'Étrurie avec les troupes de Sextius? reprit la matrone.

— Oui.

— Vous voilà comblé d'honneurs et de biens...

Rutuba se dispensa de répondre.

— Et moi je suis tombée dans un abîme de misère et d'ignominie.

La voix de Sempronia se perdit dans un sanglot.

— Je suis pauvre, ajouta-t-elle ; Brutus Pénus m'a chassée de sa maison.... Et pourtant, ces maux, je les supporterais sans me plaindre... Oh! si tu m'aimais encore, Rutuba. Je bénirais les dieux qui m'accablent, car je serais libre maintenant de me donner à toi.

Le tribun détourna son cheval et s'éloigna.

Le lendemain, vers la troisième heure du jour (neuf heures du matin), la matrone accourait au champ de Mars, où Sextius rassemblait ses troupes. Mais, sous la porte Triomphale, une rencontre odieuse l'arrêta. Portée dans une litière magnifique par huit esclaves cappadociens, Fulvie s'avançait vers elle. La courtisane abaissa une des glaces en écaille qui la préservaient des intempéries de l'air, et jeta en passant à sa rivale cette parole insultante :

—Sempronia, je t'ai vaincue ! je suis vengée !

III.

La Bataille de Pistoie.

Sur les limites du grand-duché de Toscane et de la légation de Bologne, à deux milles environ au nord de Pistoie, est une plaine étroite, légèrement inclinée en amphithéâtre du nord-est au sud-ouest, que les habitans du pays appellent Tizzoro. Des collines la

surplombent et s'élèvent par des pen-
tes successives des champs fortunés de
l'antique Etrurie jusqu'aux cimes des
Apennins. De ce plateau, qui domine
à la fois les bassins de deux grands
fleuves, l'Arno et le Pô, coulent trois
rivières secondaires, le Reno, qui fuit
au nord, l'Ombrone et le Bisentino,
lesquels prennent la direction du midi.

Aucune région des Apennins n'offre
à l'œil curieux du voyageur des sites
plus pittoresques que la source du Reno. Les rochers volcaniques d'où le tor-
rent jaillit s'ouvrent pour lui donner
passage ; il suit le revers du Tizzoro et
serpente à travers un ravin, creusé au
centre de l'immense muraille de rochers
et de forêts etnéennes, qui séparait ja-

dis les belliqueux Cisalpins des peuples de la basse Italie. Dans cette région paisible des Apennins se préparait, au commencement de l'année 692, une épouvantable scène de carnage et de désolation.

Deux mois s'étaient écoulés depuis que Sergius, après avoir révolté sur son passage la plupart des villes de l'Etrurie, était arrivé au camp de Mallius avec vingt mille hommes, orné des insignes du consulat. Le consul Marc-Antoine n'avait pas tardé à se mettre à la poursuite du conspirateur.

Cantonné dans les Apennins, Catilina avait bravement tenu tête d'un côté à Métellus Céler, qui gardait son gouvernement de Cisalpine, de l'autre à Marc-

Antoine, dont l'armée, de beaucoup supérieure à la sienne, couvrait Rome et l'Italie. Les troupes régulières des conjurés formaient à peine deux légions, dont huit cohortes seulement étaient complétement armées.

Dans cette position, Sergius évitait une bataille et fatiguait l'ennemi en menaçant, tantôt l'armée d'Antoine et tantôt celle de Métellus. La saison devenait rigoureuse; la neige encombrait les Apennins; la disette de vivres et de fourrages commençait à se faire sentir dans le camp du conspirateur. Mais il supportait courageusement et les rigueurs du climat et les privations de tout genre auxquelles il se trouvait en butte : il espérait du côté de Rome une puissante diversion.

Fidèle à ses principes, il refusa toute alliance avec les esclaves qui, dès les premiers jours de sa révolte, étaient venus le joindre en grand nombre. Il comptait sur les forces de son parti, et il lui semblait indigne de partager avec des esclaves fugitifs la défense de ses concitoyens opprimés.

Tout-à-coup une nouvelle désespérante parvint au camp de Sergius; on y apprit en même temps et l'arrestation et le supplice des conjurés de Rome.

A peine le bruit de cette exécution se fut-il répandu parmi cette foule indisciplinée de voleurs et de paysans, que Catilina avait transformés en légionnai-

res, que la désertion décima leurs rangs.
Tous ceux qui n'avaient suivi le conspirateur qu'entraînés par l'espérance du
butin ou par l'amour de la nouveauté
l'abandonnèrent; il ne resta plus dans
son camp que les criminels ou les dé-
biteurs insolvables, auxquels leurs tristes antécédens ne permettaient plus de
rentrer dans la société.

Cerné de toutes parts, désormais sans
espérance du côté de Rome, mais fidèle aux malheureux qui s'étaient don-
nés à lui, Catilina résolut de descendre
avec eux en Cisalpine et de gagner les
Alpes en longeant, par des routes pé-
rilleuses, le versant septentrional des
Apennins.

C'était dans les contrées belliqueuses des Allobroges qu'il voulait aller recruter des soldats.

Il lève donc son camp à l'improviste durant une nuit profonde, gagne à travers les montagnes la source du Reno, et commence à en descendre le cours. Il s'applaudissait déjà d'avoir trompé la vigilance de Métellus Céler, lorsqu'à l'extrémité du ravin qu'il parcourait, il aperçut l'armée du préteur rangée en bataille près du village aujourd'hui nommé Sambuca.

Céler, instruit par des transfuges de la marche des conjurés, les avait suivis pas à pas.

Cette fâcheuse circonstance décida du sort de Sergius. Il ne songea point à forcer Métellus dans la position formi-

dable qu'il avait prise ; il rebroussa
chemin et remonta le Reno jusqu'à
l'embouchure du petit ruisseau maintenant appelé Bardelone. Ses coureurs
l'avertirent alors que l'armée de Marc-
Antoine venait lui offrir le combat.

Bien que les forces dont Marc-Antoine disposait l'emportassent de beaucoup, par le nombre, sur celles de
Métellus Céler, car il avait réuni trente
mille hommes à peu près sous ses dra-
peaux, Sergius avait plus d'une raison
de le choisir pour adversaire. Une seule
bataille heureuse livrée aux troupes
d'Antoine, pouvait ouvrir aux conjurés
la route de l'Etrurie, et par conséquent
celle de Rome ; Catilina, d'ailleurs, n'attendait pas de résistance bien sérieuse

de la part d'un homme qui avait trempé dans la plupart de ses complots.

Mais ce n'était pas précisément avec Antoine que le chef de la conjuration devait se mesurer.

L'ancien complice de Sergius n'était plus revêtu depuis cinq jours que du titre de proconsul; l'année de sa magistrature venait d'expirer; Silanus et Muréna avaient pris possession du pouvoir au commencement de janvier. Moins libre qu'autrefois de suivre ses mauvais penchans, Marc-Antoine écoutait avec déférence les conseils de Pétréius Atinas, son lieutenant. Il n'osait résister aux sollicitations de Sextius, récemment arrivé de Rome en Etrurie

avec trois cohortes de vétérans dévoués
à la cause du sénat.

Le supplice de Lentulus avait produit
en outre, sur l'esprit du proconsul, une
impression salutaire. Craignant de se
compromettre, soit vis-à-vis des conjurés, soit vis-à-vis du conseil des Sept,
il avait en quelque sorte abdiqué son
pouvoir entre les mains de Pétréius.

Or, c'était un terrible homme de
guerre que le lieutenant de Marc-Antoine ; la loi qui permettait de décimer
tout corps de troupes rebelle aux lois
de la discipline datait de son tribunat.
A peine se trouva-t-il investi du commandement réel de l'armée proconsulaire, qu'il se mit en communication
avec Métellus. Ces deux généraux com-

binèrent si habilement leurs manœu-
vres que, malgré les ruses, les marches
et les contre-marches de Sergius, ils le
tinrent étroitement bloqué dans les
gorges des Apennins.

Ils avaient reçu en même temps avis
du départ de l'armée des conjurés pendant la nuit du 4 au 5 janvier. Tandis
que Métellus Céler marchait sur le flanc
droit de Sergius du côté de la Cisalpine,
Pétréius s'avançait parallèlement sur le
flanc gauche du conspirateur, couvrant
toujours les plaines de l'Etrurie; on se
rencontra aux sources du Reno.

Une bataille devenait inévitable.
Marc-Antoine éprouva subitement un
accès de goutte et se renferma dans sa

tente, laissant à Pétréius les dangers et la gloire de cette funeste journée.

Dès que Sergius eût résolu de combattre l'armée proconsulaire, il prit ses mesures de manière à soutenir dignement sa haute réputation de savoir et d'intrépidité.

Il rassembla ses troupes, et montant sur un tertre, il leur dit :

« SOLDATS,

» Je sais que les paroles n'ajoutent rien à la valeur, que la harangue d'un général ne donne pas aux lâches de la bravoure, à ceux qui tremblent de l'intrépidité. Chacun ne montre à la guerre que la part d'audace qu'il reçut de la nature ou de son éducation.

» Vainement exhorterait-on le soldat

que l'amour de la gloire et la vue du péril ne peuvent animer : il reste sourd, parce que le cœur lui manque.

» Aussi vous ai-je appelés auprès de moi dans l'unique but de vous donner quelques avis et de vous communiquer les motifs de ma résolution.

» Vous connaissez, compagnons, la conduite indolente et pusillanime de Lentulus, et combien elle a attiré de malheurs sur lui et sur nous. Dans l'attente des secours qu'il devait m'envoyer, j'ai perdu les moyens de passer dans la Gaule. Telle est maintenant notre situation bien connue du reste de vous tous ; deux armées nous pressent, l'une du côté de Rome, l'autre du côté de la Cisalpine.

» En vain cherchérions-nous à nous maintenir ici, la disette va nous en chasser. Il faut nous ouvrir un passage : le fer seul peut nous le frayer.

» Soldats, ranimez vôtre courage, fortifiez-vous dans vos résolutions. Souvenez-vous, quand vous tirerez vos glaives, que richesses, dignités, gloire, liberté, patrie, vous avez tous les biens de ce monde entre les mains. Si nous l'emportons, plus de dangers; des vivres en abondance, des municipes et des colonies qui s'empressént de nous ouvrir leurs portes; mais si la peur vous fait reculer, pas une ville, pas un ami ne voudra défendre ceux que leurs armes n'auront pu protéger.

» D'ailleurs, soldats, les puissans

motifs d'intérêt qui nous animent exis-
tent-ils chez nos ennemis? C'est pour
nous conserver une patrie, la liberté,
la vie, que nous combattons; eux s'ex-
posent en vain pour raffermir le pouvoir d'un petit nombre de tyrans.

» Attaquez-les donc avec confiance,
encore excités par le souvenir de vos
triomphes d'autrefois.

» Amis, lorsque je vous contemple
et que je pense à vos exploits, il me
semble que la victoire nous est assurée.
Vos dispositions, votre âge, votre valeur, augmentent ma confiance. Les
périls de notre position donneraient du
courage même à des lâches, et les étroites
limites de ce champ de bataille ne per-

mettent pas à la multitude de nos ennemis de nous envelopper.

» Si toutefois la fortune trahit votre
audace, ne mourez pas sans vengeance.
Ne vous laissez pas égorger comme de
vils animaux, le cou chargé de chaînes :
mourez plutôt comme des braves, les
armes à la main. Que nos ennemis
paient leur victoire avec des larmes et
du sang ! »

Ainsi parla Sergius, et après une
courte halte, il fit sonner la marche et
conduisit sa troupe jusqu'à l'entrée de
la plaine où Pétréius l'attendait.

Là, il mit pied à terre et renvoya son
cheval ainsi que ceux des autres chefs,
afin que le péril fût égal pour le général comme pour les moindres soldats de

son armée. Il la rangea ensuite en bataille suivant la disposition des lieux.

Huit cohortes, renforcées de tous les
vétérans, officiers et volontaires, qu'il
put tirer des autres corps, occupèrent
l'issue du défilé où il désirait attirer
l'ennemi. Derrière cette ligne, presque
entièrement composée d'hommes intrépides et bien armés, Sergius en forma
une seconde plus serrée, plus profonde
que la première, et destinée à lui servir
d'appui. Mallius commandait la droite ;
un roc escarpé couvrait son flanc. La
gauche, protégée par une montagne,
obéissait aux ordres de Furius, qui s'é-
tait échappé de Rome avant le supplice
des conjurés. Catilina, entouré de ses
affranchis et de ses cliens, se plaça lui-

même au centre de son armée, près de l'aigle d'argent sous laquelle Marius avait exterminé les Cimbres dans les plaines de Verceil.

Quant à Pétréius, il adopta à peu près le même ordre de bataille que son adversaire. Ce vieux capitaine, qui avait rempli depuis trente ans avec honneur les fonctions de tribun, de préfet, de lieutenant et de commandant en chef, pratiquait peu le grand art de l'éloquence. On le vit un instant parcourir à cheval les rangs de ses soldats, les appelant par leur nom, car il les connaissait tous; rappelant aux uns leurs belles actions, aux autres les campagnes qu'ils avaient faites avec lui; les priant de se souvenir qu'ils allaient combattre contre des brigands désarmés, pour leur patrie, leurs enfans, et les dieux de leurs foyers; après quoi il vint se mettre au centre de son armée, vis-à-vis de Catilina.

Cette journée du 5 janvier 692 était triste comme la scène de meurtre qu'elle devait éclairer.

Le soleil n'avait pas percé les nuages gris qui couvraient l'horizon, et sous lesquels les cimes neigeuses des Apennins avaient disparu. L'œil n'apercevait partout qu'arbres dépouillés, que forêts de sapins à la sombre verdure, que parcouraient lentement de blanches vapeurs. Ces masses d'hommes groupées sur la pente des collines, alignées d'un bout à l'autre de l'étroite plaine du

Tizzoro ; ces bastions vivans prêts à se
briser les uns contre les autres, *hastats*
au casque orné de plumes noires, *prin-*
ces bardés de fer, *triaires* accoutumés
depuis long-temps au tumulte des combats, c'étaient des enfans de la même
patrie, des parens, des amis accourus
là pour s'entre-tuer. Tous avaient la
même origine, les mêmes armes, la
même valeur, le même cri de guerre ;
ils ne différaient que par le chiffre de
leurs boucliers, et c'était la grande raison pour laquelle ils allaient s'égorger.

Ils voulaient savoir qui dominerait à
Rome, de Sergius ou des hauts patriciens, ses adversaires, qui languissaient
probablement encore dans les bras du

sommeil sous les fourrures soyeuses de leurs lits.

Chose extraordinaire, aussitôt que les sons belliqueux du buccin eurent donné le signal de l'action, on ne vit pas s'élancer, des intervalles qui séparaient les cohortes, cette multitude de vélites, armés à la légère, qui engageaient ordinairement les combats ; l'air ne fut pas obscurci par une grêle de traits et de javelots : il tardait aux deux armées de se joindre.

De part et d'autre on tira l'épée et on se chargea avec furie.

Le choc fut terrible. Vétérans, conjurés, tous attaquent et résistent avec une vigueur égale. Ils se mêlent sans se confondre ; ils se pressent, ils se pous-

sent et se repoussent sans perdre une
palme de terrain. Le bouclier frappe le
bouclier, le glaive répond au glaive : le
sol est jonché de morts et de blessés.

Apercevez-vous au plus fort du carnage ce guerrier couvert d'armes splen-
dides, et dont un long panache couleur
de feu ombrage le casque d'or : c'est
Sergius. Suivi d'un gros de troupes légères, il porte partout des secours. Ici il
remplace les blessés par des soldats frais;
là il se jette à corps perdu au milieu des
ennemis, les éloigne et rétablit sa ligne
de bataille ; partout il remplit ses devoirs de général et de soldat.

S'il reste en possession de ce petit
coin de l'Etrurie qu'il défend pied à

pied, demain il sera maître de Rome, il sera dictateur.

Mais Pétréius, à la tête de sa cohorte prétorienne, forte de quinze cents vétérans déterminés, observait la face du combat. Les meilleurs soldats de ses légions avaient succombé et la victoire restait indécise. Alors il ordonne à ses prétoriens de serrer leurs rangs, se précipite avec eux au centre de l'armée de Sergius, et la coupe en deux sous l'effort de la masse d'hommes qu'il entraîne. Cette manœuvre inattendue jeta le désordre parmi les conjurés.

Ils ne reculaient pas, mais ils périssaient par milliers. La cohorte de Pétréius se déploya, prit en flanc la gauche et la droite de l'ennemi, et transforma une lutte jusqu'alors égale en une horrible boucherie. En vain Furius et Mallius accourent au bruit de leurs soldats qu'on égorge ; ils tombent percés de coups. Catilina voit sa défaite, rassemble ses amis les plus intimes, leur adresse quelques mots d'adieu, et va chercher la mort au centre des bataillons de Pétréius.

Le désespoir sublime de tous ces jeunes débauchés qu'on avait vus à Rome, deux mois auparavant, si élégamment vêtus de tuniques peintes et de robes traînantes, si fiers de leurs chiens, de leurs chevaux et de leurs maîtresses, effraya un instant leurs vainqueurs. La tête cachée sous le bouclier, l'épée haute, ils pénétrèrent jusqu'au centre

de l'armée romaine, semant l'épouvante et la mort sur leurs pas. Sergius
leur frayait la route; il fatiguait à frapper son bras infatigable; il assouvis-
sait la rage, la soif de vengeance qui le
dévorait, comme un épicurien qui met
à profit ses derniers instans pour épui-
ser la coupe du plaisir.

Le tribun d'un corps de vétérans l'a-
perçut, quitta son poste et courut le
défier.

Catilina reconnut sans doute ce cou-
rageux adversaire, car il fit la moitié
du chemin pour le joindre, et abattit
d'un coup d'épée le cimier qui sur-
montait le casque de l'officier. Ce dernier prit Sergius à la taille, l'embrassa
de ses bras nerveux, lui appuya la poi-

trine contre la sienne et lui plongea
dans le cou un fer aigu qu'il laissa dans
la plaie.

— Catilina, dit le tribun, Rutuba te
rend le style dont tu fis présent à sa
sœur Daphné.

Sergius tomba. Ses compagnons l'en-
vironnèrent et défendirent son cadavre
jusqu'à ce que le dernier d'entre eux
fût couché sans vie près de son général.

Çà et là, quelques légionnaires pour-
suivirent encore sur le champ de bataille leurs victimes, qui cherchaient à
s'échapper; puis la trompette du camp
d'Antoine sonna la retraite, et tout fut
dit.

L'oligarchie était sauvée.

Salluste ajoute :

« Ce fut après la bataille qu'on put voir tout ce que l'armée de Catilina avait montré d'audace et de courage. Chaque soldat couvrait de son corps le lieu où il avait combattu. Ceux qu'avait enfoncés la cohorte prétorienne étaient tombés à quelque distance, mais tous blessés par devant. Catilina fut retrouvé bien loin des siens, sous un monceau de cadavres. Il respirait encore, et son visage conservait cet air de fierté qui l'avait toujours animé. Enfin, de toute son armée, pas un homme libre ne fut pris, ni durant le combat ni pendant la fuite, tant chacun avait peu ménagé et sa propre vie et celle de ses adversaires.

» Aussi l'armée romaine remporta-t-
elle une bien sanglante et bien triste
victoire. Ses soldats les plus braves pé-
rirent ou reçurent des blessures dan-
gereuses. La plupart de ceux qui vinrent du camp d'Antoine, soit pour
visiter le champ de bataille, soit pour
dépouiller les morts, trouvaient, en les
retournant, celui-ci un ami, celui-là un
hôte ou un parent. D'autres aussi re-
connaissaient leur ennemi. La joie et
le deuil divisaient le camp des vainqueurs. »

IV.

Conclusion.

La tête de Catilina fut envoyée à
Rome et publiquement exposée sur la
tribune aux harangues. Les rostres
étaient devenus, depuis Marius, les gé-
monies des patriciens.

Ebranlée par la commotion qu'elle
venait de recevoir, la société romaine

oscilla jusqu'à ce que César, escaladant
en quelques pas tous les degrés du
pouvoir, vint hardiment se placer au
sommet.

Le supplice de Lentulus et de ses
complices servit de thème aux décla-
mations de tous les partis. Métellus Népos et Bestéa, tribuns du peuple, n'a-
vaient pas attendu la mort de Catilina
pour attaquer Cicéron. Immédiatement
après les Saturnales, Sextius et ses cohortes ayant quitté Rome, ils avaient
hautement blâmé le consul d'avoir
soustrait des citoyens au jugement des
centuries. César les excitait secrètement. Ils parlaient de citer Cicéron en
justice au sortir de sa magistrature.
Népos préluda à cette mise en accu-

sation en faisant à l'orateur un des outrages les plus graves qu'un magistrat
pût recevoir.

Les consuls avaient coutume, en
quittant leur charge, de déposer so-
lennellement entre les mains du peuple les pouvoirs qu'ils en avaient reçus.
Ils lui adressaient à cette occasion une
courte harangue et juraient ensuite
qu'ils n'avaient cherché durant leur
administration que le salut et la gloire
de la patrie. Cette cérémonie avait lieu
le dernier jour de décembre. Métellus
Népos fit avertir Cicéron qui'l l'empêcherait de prendre la parole à cette
occasion.

«Il n'était pas juste, disait-il, qu'après
avoir enlevé à des citoyens leur droit

d'appel au peuple, il vînt lui-même présenter sa justification dans l'assemblée des Romains. »

Malgré les influences de toute sorte que Cicéron employa pour le fléchir, le tribun tint parole. Au jour dit, il fit placer sa chaise curule sur la tribune aux harangues, et quand l'orateur voulut exalter ses fameuses nones de décembre, Népos l'arrêta du geste.

—Prête le serment accoutumé, si tu l'oses, lui dit-il.

—Je jure, s'écria Cicéron, que j'ai sauvé pendant mon consulat Rome et la patrie !

—Il a dit vrai ! répondit le peuple. Et il conduisit le consul en triomphe jusque dans sa maison.

A cette première querelle, dans laquelle l'avantage était resté au consul, succédèrent des luttes acharnées de tribunes. Cicéron et Népos se livrèrent l'un contre l'autre aux plus violentes diatribes. Népos, sénateur de la plus haute noblesse, mais dont la mère jouissait d'une assez mauvaise réputation, ayant un jour demandé au chevalier d'Arpinum quel était son père,

—Et toi? répondit spirituellement l'orateur, pourrais-tu bien me dire quel a été le tien?

Enfin, le sénat prit Cicéron sous sa protection. Les deux nouveaux consuls, Silanus et Muréna, s'étant déclarés pour lui, et la nouvelle des événemens de Pistoie étant arrivée sur ces entrefaites,

Métellus n'osa donner suite à ses pro-
vocations.

La paix semblait renaître dans la
ville. Marc-Antoine avait ramené au
champ de Mars ses légions victorieuses.
Les faisceaux de ses licteurs étaient
couronnés de lauriers, ostentation ridi-
cule qui indisposa également contre lui
et le conseil des Sept, qu'il avait molle-
ment servi, et les conjurés, dont il avait
anéanti la faction. Rutuba, après vingt-
deux jours d'absence, retrouva sa sœur
dans leur petit logement des Esquilies.

Mais combien cette pauvre fille, qu'il
avait laissée dans la joie au moment
de son départ, toute radieuse d'espérance et de bonheur, combien elle
lui parut triste au retour, pensive et

découragée ! L'être bien-aimé qui l'aidait à vivre, qui la consolait, qui lui parlait de Prosper, Tertia, en un mot, était absente.

Un jour elle avait annoncé à la fille de Gurgès la mort de Sergius, la défaite des conjurés et son prochain départ; et depuis ce temps elle avait cessé de paraître aux Esquilies.

Daphné et Rutuba s'étaient assis l'un auprès de l'autre devant un brasier.

Le nouveau tribun racontait à sa sœur les événemens de Pistoie, la belle défense des insurgés et l'héroïque mort de leur chef. Il ne s'attribuait pas l'honneur d'avoir frappé Sergius, car il devinait par instinct, ce brave Rutuba, qu'une femme n'oublie jamais absolu-

ment même celui qui l'a trompée. Ils
compatissaient ensemble aux infortunes
de Catilina ; ils déploraient le triste
usage que cet homme avait fait de sa
naissance, de ses talens, de sa fortune,
de tous les biens que les dieux lui
avaient départis. Puis, la conversation
tomba sur Prosper. Une jeune fille n'a-
t-elle pas toujours aux lèvres le nom
de celui dont l'image ne cesse jamais
d'être présente à son cœur.

Rutuba avait hasardé une opinion
que sa sœur ne voulait pas admettre.
Il prétendait que Tertia était allée visiter l'orfévre dans son exil, et qu'elle
ne tarderait pas à le ramener. La jeune
fille combattait de toutes ses forces
cette idée du tribun ; la discussion s'é-

chauffait lorsqu'on entendit résonner des pas dans le corridor voisin. La porte s'ouvrit : Prosper était à genoux devant Daphné.

Tertia l'accompagnait.

Le jeune homme serrait dans ses mains les mains de sa fiancée, et la regardait avec une indicible expression de bonheur et d'amour.

Ce fut un heureux jour pour la famille de Gurgès, un jour qui devait fermer bien des plaies saignantes, consoler bien des chagrins, effacer bien des remords. On ne parla cependant que des ennuis de la campagne, de la joie qu'on éprouve en retrouvant ses travaux, ses plaisirs, ses amis de la cité. Chacun des deux amans glissa

dans la conversation quelques mots à
l'adresse de l'autre. Puis, l'on se sépara. On avait tant de choses à se dire,
tant de choses que l'on dit à deux,
lorsqu'on est libre d'exprimer tout ce
que le cœur suggère et qu'on a de
longues heures devant soi !

Tertia, en se retirant, invita Daphné
à se rendre le lendemain dans sa maison
du Célius.

Elle la reçut dans un petit salon
d'hiver, où personne ne pouvait ni
troubler leur entretien ni en surprendre le secret; et quand la jeune fille
se fut assise auprès d'elle,

— N'est-il pas vrai, lui dit la matrone, que je vous ai fait hier soir

une agréable surprise? Vous avez été bien heureuse!

—Oui, bonne Tertia, répondit la jeune fille, bien heureuse, autant du moins que je puisse l'être après tous les malheurs qui nous ont frappés.

—Vous avez éprouvé de grands malheurs, sans doute, pendant les troubles de ces derniers temps; Rutuba a traversé des momens dangereux; vous avez perdu un père excellent; mais vous avez eu et vous avez encore, ce me semble, des motifs très-réels de consolation.

—Hélas! répliqua Daphné, soyez sûre, noble matrone, qu'il est des souvenirs que rien ne peut effacer.

—Mais les vôtres ne sont pas de ce

nombre. Rutuba a gagné son angusti-
clave de tribun pendant la conjuration ;
le voilà chef de légion, dans une position que pourraient lui envier les enfans de nos patriciens les plus fiers.
Quant au vieux Gurgès, il est mort
d'un accès d'ivresse, m'a-t-on dit?

Daphné resta muette.

— Le pauvre homme avait là un
triste défaut, poursuivit Tertia, qui devait tôt ou tard le conduire à une fin
misérable.

— Oh ! ne calomniez pas mon père !
interrompit la jeune fille ; je l'ai vu expirer devant moi, non pas d'ivresse,
mais de douleur. C'est Rutuba, c'est
moi, c'est nous deux qui l'avons tué !

Et Daphné fondit en larmes.

— Laissez, laissez-moi, je vous en supplie, reprit-elle, vous exposer le drame lugubre qui s'est terminé par la mort de mon pauvre père. Que je trouve, au moins une fois, un être compâtissant qui veuille recevoir la confidence de mes peines et m'aider à en supporter le fardeau. Bonne Tertia, mon père avait pour moi l'affection la plus tendre ; j'étais l'espoir, la consolation de ses vieux jours ; il était fier de moi. Il a su que sa fille...

Les sanglots de Daphné lui coupaient la voix.

— Et le pauvre vieillard est mort de douleur, ajouta-t-elle en cachant sa figure dans ses mains.

Quand Daphné releva son beau vi-

sage tout inondé de pleurs, la matrone
l'embrassa tendrement.

— Il est inutile de m'en raconter
davantage, chère enfant, répondit-elle,
je sais tout. Croyez-vous donc que j'aie
ignoré une seule de vos fautes, un seul
de vos périls, une seule de vos angois-
ses pendant les jours néfastes que nous
venons de traverser ? Non, non, j'ai
surveillé toutes vos démarches ; j'ai
compâti à toutes vos peines et j'ai pris
en pitié vos erreurs. S'il est des hommes inexorables dans leurs vengeances,
il est aussi des femmes courageusement
fidèles dans leur amitié.

— Vous êtes une divinité propice
qui vous plaisez à semer les bienfaits
autour de vous. Puissiez-vous recueillir

la reconnaissance et l'affection de tous ceux qui vous doivent leur bonheur !

— Je l'espère, dit Tertia ; jusqu'à ce jour du moins je n'ai pas eu à maudire leur ingratitude. — J'avais donc avancé, ajouta-t-elle, quand vous m'avez interrompue, que vos malheurs étaient jusqu'à un certain point réparables. Et ne pensez pas, jeune fille, que je veuille ici, abusant des termes d'une philosophie banale, invoquer le temps qui efface à la longue tous nos regrets ; j'ai de meilleurs remèdes à vous offrir. Vous avez perdu votre père, un vieillard plein d'affection pour vous ; eh bien ! je vous trouverai une mère qui vous fasse oublier la tendresse et les soins de vos parens ; qui vous donne ces sages conseils, par lesquels une femme est seule capable de former l'esprit et le cœur d'une jeune fille de quatorze ans.

— Eh! qui voudra jamais servir de mère à une pauvre orpheline que tout le monde a maintenant le droit de mépriser?

— Qui le voudra? moi! et malheur à qui ne vous respectera point, tant que je vivrai pour vous défendre et au besoin pour vous justifier! Vous verrez que je suis une mère bien tendre, bien dévouée, dont la fortune, le repos, la vie, sont toujours au service de ses enfans. Daphné, voulez-vous être ma fille?

— Bonne Tertia, comment pourrais-je refuser un nom si doux?

— Mais j'ai un autre enfant qui m'est aussi bien cher. Il y a si long-temps que je l'ai adopté celui-là ; il m'a coûté tant d'inquiétudes, de tourmens, de larmes; je me suis tellement habituée à craindre, à espérer, à souffrir pour lui, que le savoir heureux, content, m'est nécessaire pour vivre, comme l'air que je respire, comme le pain dont je me nourris en l'arrosant bien souvent de mes larmes... Mon autre enfant, mon fils, vous l'avez vu hier soir.

— C'est Prosper.

— Et comme je ne veux pas que mes enfans vivent séparés, j'ai résolu que dans huit jours un pontife bénirait leur union.

Une pâleur mortelle se répandit sur le visage de Daphné.

— Qu'avez-vous? lui dit Tertia avec un accent de bonté et de compassion surhumaines.

— Le mariage dont vous parlez est impossible! murmura la jeune fille.

— Et pourquoi cela? chère enfant. Je suis persuadée, au contraire, qu'il aura lieu; j'en suis sûre.

Daphné baissait les yeux et ne répondait pas.

La matrone lui prit les mains, se rapprocha d'elle, et, modulant pour ainsi dire sur les notes les plus persuasives de sa voix,

— Voulez-vous me faire connaître

toute votre pensée, écouter les conseils de mon expérience, me remettre en un mot le soin de votre destinée ? Parlez-moi sans détour; pourquoi refusez-vous d'épouser Prosper? Ne l'aimez-vous point?

Daphné devint aussi rouge qu'elle était pâle, sourit, et son regard ayant rencontré celui de sa mère adoptive, elle se jeta dans ses bras.

La matrone comprit parfaitement la signification de cette pantomime.

— Et votre mariage avec *lui* vous semble impossible? demanda-t-elle.

— Oui.

— Pourquoi donc, enfin?

A cette question, le visage de Daphné,

cette jolie figure de Romaine brune et
ronde, aux yeux de jais, aux traits mo-
biles, changea tout-à-coup d'expression;
son regard s'alluma, ses lèvres tremblè-
rent; un spasme nerveux raidit ses
bras.

— Je l'ai trahi!... murmura-t-elle;
je l'ai trahi! j'ai menti à son amour.
L'épouser sans l'instruire serait une
lâcheté, et jamais ces mots: — Prosper!
Prosper...

La jeune fille s'arrêta. A voir l'agita-
tion de son maintien, l'égarement de
ses yeux, on eût dit qu'une voix mys-
térieuse articulait à son oreille les paroles qu'elle hésitait à prononcer.

— Non, jamais ils ne sortiront de

ma bouche! s'écria-t-elle, car je mour-
rais de honte à ses pieds.

Ce n'était plus de la tendresse qu'é-
prouvait Tertia, c'était de l'admiration.

— Calmez-vous, Daphné, ajouta-t-
elle. Vous êtes une noble et chaste fille;
Prosper vous a bien jugée. Maintenant,
écoutez votre mère et suivez ses avis.
L'homme qui pouvait vous être un
obstacle... est mort.

— Je l'avais vu avant son départ de
Rome, noble Tertia; il m'avait témoi-
gné des regrets, il s'était attendri sur
mon malheur, et... je lui avais pardonné.

— Ainsi donc, de ce côté, tout est
fini. Prosper ignore votre faute...

—Il la connaît au contraire.

—Quelle preuve en avez-vous?

—C'était dans les premiers temps que
cet étranger fréquentait notre maison.
Prosper vint un jour aux Esquilies;
il appela mon frère, et quand celui-ci
fut allé le rejoindre, savez-vous quelle
affreuse injure il lui adressa?

— Que lui dit-il?

—Rutuba, tu n'as pas voulu que ta
sœur fut l'épouse d'un pauvre orfévre;
elle est devenue la maîtresse d'un patricien.

—Et de là vous concluez que Prosper ne doit ignorer aucun de vos se-
crets?

—Ces paroles ne sont que trop clai-
res, hélas!

—Enfant, reprit Tertia en souriant, enfant! que tu es jeune, que tu connais peu la vie ! Écoute l'histoire de Prosper durant votre séparation. Quand ce jeune homme osa dire à ton frère les mots insultans dont tu parles, c'est qu'il les regardait comme une exagération monstrueuse de sa colère, de sa douleur. Il ne les répéta plus quand d'affreux soupçons vinrent assiéger son âme ; il n'affirma plus son malheur quand il entrevit la possibilité d'en acquérir la certitude. Un soir il te rencontra sous les arcades du grand cirque. Ta conversation avec une magicienne lui révéla un secret désespérant : il n'y crut pas encore ; il rejeta l'évidence ; il t'interrogea. Tes réponses évasives auraient dû confirmer ses soupçons; il opposa tes réponses à ces soupçons même, aux passions jalouses qui le torturaient. Tu ne sais donc pas, jeune fille, qu'on ne raisonne point quand on aime; tu ne sais donc pas que la vérité ne luit jamais aux yeux de celui qui ne peut vivre sans une heureuse illusion? Prosper t'a revue maintenant, et plus que jamais il doute; plus que jamais il veut douter. Va! ce doute volontaire est bien près de l'incrédulité.

— Mais épouser Prosper sans dissiper ses doutes, ce serait une lâcheté.

— Oh! par Junon Juga, ce serait de l'épouser en l'instruisant qui serait cruel. Enfans, soyez unis, soyez heureux. Et toi, jeune fille, oublie le pas-

sé ; renferme dans ton cœur le secret
que tu m'as livré ; oublie-le, si tu tiens
à conserver long-temps l'amour de ton
mari.

— Comment donc expierai-je le
passé ? Toute faute mérite une expia-
tion.

La matrone prit son air le plus grave
et répliqua :

— Daphné, vous expierez votre faute
en aimant votre mari, en le rendant
heureux, en observant tous vos devoirs
d'épouse et de mère, en élevant vos
enfans dans la vertu et dans la crainte
des dieux immortels. C'est là une ex-
piation vraiment sainte et le plus mé-
ritoire des repentirs.

Quoique absent de Rome, Prosper

avait été exempté du service militaire par
le consul Lucius Licinius Muréna, sous
prétexte que sa qualité de citoyen romain n'était pas suffisamment justifiée.

Mais cette considération n'empêcha
point l'autre consul, Décimus Silanus,
de proposer au peuple une loi d'adoption, par laquelle le jeune orfévre
passait dans la famille de son maître
Callisthènes. Le projet en avait été pré-
cédemment affiché pendant trois *nun-
dines* ou marchés, suivant la coutume,
et il avait passé inaperçu au milieu des
troubles qui agitaient alors la République.

Cette adoption eut lieu le 28 janvier
de l'année 692. Le 29, au soir, l'instrument dotal du mariage de Prosper,

fils de Callisthènes, avec Daphné, fut rédigé par un habile jurisconsulte. Callisthènes, Rutuba et les heureux fiancés y apposèrent leurs symboles. Ce fut la première circonstance importante dans laquelle Prosper fit usage de cette topaze que Tertia lui avait offerte en présent, et sur laquelle deux étoiles étaient représentées.

Callisthènes se montra généreux. Il donna cinq cent mille sesterces (102, 201 fr. 66 cent.) à son fils par contrat de mariage; Rutuba voulut être prodigue, et constitua à sa sœur une dot d'un million de sesterces.

Daphné s'étonnait que son frère eût pu économiser une somme aussi forte sur ses appointemens de tribun. L'officier ouvrit gravement une armoire, en tira deux sacs d'or, et ordonna à un *libripens* ou vérificateur légal d'en examiner et d'en peser le contenu. La monnaie était de bon aloi.

Il se passa au sujet de ce mariage bien d'autres choses non moins surprenantes.

Le hasard voulut qu'on le célébrât en présence des plus illustres représentans de l'aristocratie romaine. Le grand pontife Caïus Julius César et le flamine de Jupiter ne pouvant entrer sans souillure dans la maison des Libitinaires, Clodius, jeune homme d'humeur fort populaire, prêta sa maison pour la cérémonie. Sa sœur Tertia, belle matrone amie du plaisir, et Clodia,

cette Lesbie dont Catulle aimait tant à
célébrer les charmes, voulurent y as-
sister ; et comme les patriciens de cette
époque, aussi bien que nos grands sei-
gneurs d'aujourd'hui, avaient quelquefois d'étranges fantaisies, ils s'amusèrent
à environner d'un luxe scandaleux les
noces d'une pauvre fille du quartier
Esquilin.

Le cortége nuptial sortit donc vers
le soir, en grande pompe, de la maison de Clodius, pour se rendre au
Vélabre, chez Callisthènes, où Prosper
demeurait. Les divinités qui présidaient
au mariage : Jugatinus, témoin céleste
des vœux des mariées ; Domiducus, qui
les conduisait chez leurs époux ; Do-
mitius, sous les auspices duquel elles y

étaient introduites, et Manturna, dont
la protection les empêchait d'en être
renvoyées, ouvraient la marche. Venait
ensuite un enfant en simple tunique.
Il agitait une torche d'épine blanche,
talisman d'une efficacité reconnue contre les maléfices. Deux autres enfans
conduisaient l'épousée, tandis qu'une
esclave et un *camille* portaient derrière
elle, la première une quenouille avec
son fuseau, le second une corbeille
d'osier, dans laquelle étaient renfermés
tous ces instrumens utiles dont se sert
une femme pour raccommoder les vê-
temens de son époux.

Daphné était vêtue d'une tunique
blanche, unie; une ceinture de laine
de brebis serrait sa taille. Sa jolie figure

n'apparaissait qu'à travers un voile couleur de flamme. Partagés en six nattes soyeuses, ses cheveux formaient au-dessus de sa tête une tour percée d'un javelot d'or et couronnée de mar- jolaines. Elle était chaussée d'étroits brodequins couleur de safran.

Sous ce costume élégant et sévère, qui rehaussait l'éclat de sa beauté, l'heureuse jeune fille s'avança vers le forum. On déposait pendant ce temps, parmi les *actes publics* confiés à la garde des magistrats, son acte de ma- riage dressé la veille, afin d'assurer la légitimité des enfans.

Une foule de personnes, parens ou amis des nouveaux époux, chantaient et dansaient autour d'eux. Tous les

vagabonds, tous les gamins de la place
romaine accouraient au bruit, et se
permettaient d'adresser à la mariée de
nombreuses plaisanteries, appropriées
pour la plupart à la circonstance, et
qu'il est inutile de rapporter.

Le même hasard qui avait fait trouver à Rutuba un million de sesterces
pour doter sa sœur, et qui avait conduit
Tertia aux noces de Prosper, voulut
que Cicéron se promenât sur le forum
avec son cher Atticus, au moment où
le cortége nuptial y arriva.

L'orateur, apercevant Rutuba, le salua du geste. Le tribun sortit des
rangs et vint présenter ses hommages
à l'ex-consul, auquel il devait sa fortune. Cicéron lui reprocha de ne l'a-

voir pas invité aux noces de sa sœur,
et Callisthènes, ayant engagé l'orateur
à honorer de sa présence le banquet
nuptial, celui-ci ne voulut pas refuser.

D'où il advint, toujours par hasard,
que la société la plus étrange se trouva
réunie le soir chez l'orfèvre Callisthènes. Cicéron, Atticus, Tertia, Clodia,
le frère de ces deux jolies matrones,
une foule de centurions qu'avait ame-
nés Rutuba, une autre foule non moins
bruyante d'artistes qu'avait rassemblée
Callisthènes, de très-jolies filles domi-
ciliées aux Esquilies, y contentaient
sans retenue la gaîté la plus folle et
l'appétit le plus réjouissant.

N'oublions pas que Daphné avait
observé en entrant dans la maison tous

les rites qui présagent le bonheur des
époux. Elle avait entouré la porte de
bandelettes de laine blanche, symbole
heureux de sa fidélité; elle l'avait enduite de graisse de loup pour écarter
les maléfices; enfin, Prosper avait jeté
des noix aux enfans qui avaient poursuivi sa femme de leurs plaisanteries,
depuis la rue de Scaurus jusqu'au Vélabre, annonçant par là qu'il renonçait
aux futilités de la jeunesse pour s'occuper uniquement de ses devoirs d'é-
poux.

L'orfévre ne tarda pas à quitter
Rome. Il alla habiter Athènes pendant
quatre ans avec Daphné.

Mais il n'y étudia point la grammai-
re, la poésie, l'éloquence, comme Ter-

tia l'avait voulu ; il n'y reçut pas une
éducation de patricien. Il y apprit à
fondre les métaux, à couler le bronze,
à transformer l'or et l'argent en anneaux, en bracelets, en colliers, en va-
ses sculptés, en délicieuses figurines,
dont nous admirons encore l'élégance
et le fini.

Deux mille ans n'ont pas fait vieillir
les ouvrages des orfévres de cette époque, parce qu'alors l'orfévrerie était
un art et non pas une industrie.

Ainsi Prosper ne commanda point
d'armées, il ne prononça point de discours ; mais son obscurité ne nuisit pas
à son bonheur, quoi qu'en pensât la
tendresse un peu vaniteuse de Tertia.

Quant au brave Rutuba, il servit utilement la République jusqu'après la bataille de Pharsale. Pompée, son général, étant mort, il se retira paisiblement auprès de sa sœur et de son beau-frère. Cicéron, qui avait toujours conservé de l'affection pour lui, le fit inscrire au nombre des chevaliers; mais ni les sollicitations de l'orateur, ni les prières de Daphné, ni les lois contre le célibat ne purent engager le fier tribun à se marier.

Il avait perdu Flora ; Sempronia avait failli le perdre à son tour ; il craignait les femmes, leur jalousie, leurs caprices, et surtout la perfidie de leurs caresses. Jamais il ne voulut affronter ces dangers, lui qui avait traversé en se jouant tant d'autres périls.

Cicéron devint pendant l'année 692 le premier citoyen de Rome.

Le tribun Népos ayant renouvelé ses diatribes contre lui, le sénat songea à sévir, et Népos fût contraint de s'exiler.

Tandis que Métellus Céler en Cisalpine, Bibulus en Pélignie, et Quintus, frère de l'orateur, dans le Bruttium, achevaient de détruire les restes des conjurés, on jugeait à Rome les principaux complices de Catilina. Le bruit s'y était répandu que le délateur Vettius avait remis au sénat une liste de coupables. La ville entière tremblait : tant de personnes de tout âge et de toute condition avaient été affiliées aux deux conjurations de Sergius! Pour calmer ces inquiétudes, le sénat prit enfin le

parti de publier les listes de Vettius. Il
fallait toujours que dans cette cité maudite les troubles se terminassent par
une proscription.

Cassius, Lecca, Servius Sylla, Var-
guntéius et Autrone furent accusés de
violences aux termes de la loi Plautia,
et condamnés à l'exil. Autrone se retira
en Épire, et s'y rendit tellement redoutable par ses violences, que Cicéron,
exilé lui-même en Grèce quelque temps
après, se détourna de sa route pour ne
pas tomber entre les mains de ce fu-
rieux.

La prépondérance momentanée de
Cicéron dans l'État n'empêcha point
César de poursuivre ses accusateurs avec
acharnement. Il fit jeter Novius en pri-

son, brûler les meubles de Vettius et piller sa maison.

Bien qu'il eût mal réussi dans ce premier essai, Vettius ne se dégoûta point du métier de délateur. César étant parvenu au consulat deux ans après avec Calpurnius Bibulus, comme ces deux magistrats nourrissaient l'un contre l'autre l'animosité la plus grande, Vettius accourut un jour au forum un poignard à la main. Il montrait cette arme au peuple, et prétendait qu'elle lui avait été remise par un licteur de Bibulus pour assassiner César. Vettius fut conduit en prison. On espérait qu'un interrogatoire sévère ferait justice de cette intrigue ; mais le lendemain Vettius fut trouvé mort. Qui l'avait tué? On n'en sut rien.

César négligea de se venger de Curius. L'amant de Fulvie était devenu tellement odieux, tellement infâme, tellement misérable, qu'il ne valait pas la peine d'être attaqué.

Les derniers événemens de la guerre catilinaire se passèrent chez les Allobroges. Mécontens de la conduite de leurs ambassadeurs, accablés de dettes, épuisés d'exactions, ces peuples belliqueux se révoltèrent.

Pontinus fut envoyé contre eux. Il les soumit, après une longue résistance, et sollicita les honneurs du triomphe. On les lui refusa long-temps. Fatigué d'attendre, il s'attribua ce qu'il ne pou-

vait obtenir. Ses ennemis voulurent
s'opposer à cette usurpation ; on se rencontra dans le champ de Mars, et le
triomphe du vainqueur des Allobroges
dégénéra en massacre. Mais Pontinus
l'ayant emporté, poursuivit tranquillement sa route jusqu'au temple de
Jupiter Capitolin.

Tout jusque là réussissait à Cicéron.
Il avait répandu à profusion dans l'Empire les exemplaires du procès des conjurés, tels que Messala, Cosconius,
Nigidius Figulus et Appius Claudius
l'avaient sténographié ; les gens de bien
approuvaient sa conduite, et ses ennemis les plus acharnés étaient en exil.
Ces haines qui veillaient autour de lui
dans l'ombre, ces terreurs qui avaient

si long-temps assiégé sa maison, tout
cela s'était dissipé comme par enchan-
tement : il avait obtenu la récompense
de son patriotisme et de sa fermeté.

Sans doute la condamnation de Lentulus et de ses complices n'avait pas été
absolument légale ; mais s'agissait-il
de discuter sur l'interprétation des lois,
quand Sergius gardait en armes les défilés des Apennins, quand la conjuration agitait encore ses poignards et ses
torches incendiaires au milieu de la
cité? Les séducteurs des Allobroges
n'étaient pas, comme l'avait dit Caton,
des coupables qu'il fallait punir : c'é-
taient des ennemis contre lesquels il
fallait se défendre. Cicéron avait sauvé
la République au péril de sa vie ; qui

eût osé, qui oserait encore le blâmer ?

Il avait bravé la fureur de Catilina,
il avait désarmé l'opposition de Népos,
il avait étonné un instant l'audace
même de César. Une querelle de mé-
nage le plongea dans un abîme de misère et de douleur.

Térentia avait juré de le brouiller
avec la famille de Clodius : Tertia inspi-
rait trop d'ombrage à cette femme jalouse. L'orgueilleuse fille des Varrons
cherchait depuis long-temps une occasion de satisfaire son dépit ; elle la trouva
enfin et l'exploita avec une incroyable
habileté.

Clodius se laissa surprendre dans la
maison de César pendant qu'on y célé-
brait les mystères de la Bonne-Déesse.

Une esclave le reconnut sous un déguise-
ment de femme. César répudia aussitôt
Pompéia et Clodius fut accusé de pro-
fanation.

Il allégua un alibi pour se disculper.
Il prétendit qu'il dormait à Intéramne
(Téramo) pendant qu'on le surprenait
à Rome assistant aux fêtes de Cybèle.
Mais Térentia fit courir le bruit que
son mari avait rencontré le coupable
dans la ville peu de temps avant la cé-
lébration des mystères. Cité comme
témoin, Cicéron détruisit en effet l'alibi
de Clodius.

Une étroite amitié avait long-temps
uni ces deux hommes. L'accusé avait
rendu à Cicéron les plus grands services
pendant la conjuration ; il avait veillé

sur ses jours avec une sollicitude toute fraternelle. Voyant qu'il se rangeait parmi ses adversaires dans le plus grave des procès, il lui jura une haine implacable, qui n'eut d'autre terme que sa vie.

Il avait besoin d'être investi du tribunat pour se venger. En 694, il se fit adopter par un plébéien, sollicita la charge qu'il enviait, charge dont les pouvoirs étaient exorbitans, et réussit à l'obtenir.

Ce fut une époque funeste pour les anciens adversaires de Sergius que cette année 694.

Marc-Antoine revint à Rome de son gouvernement de Macédoine, où il avait commis tous les crimes que peuvent

conseiller à un homme la cupidité, la
sottise et la lâcheté. Célius l'accusa de
concussion. Cicéron, qui avait été son
collègue dans le consulat, se chargea de
le défendre; mais la mauvaise réputation d'Antoine rendit inutiles tous les
talens de son avocat. Il fut condamné.

Le lendemain de ce jugement le
tombeau de Catilina se trouva couvert
de fleurs.

Peu après Clodius proposa une rogation qui privait de l'eau et du feu
tout magistrat qui aurait mis à mort
des citoyens sans qu'ils eussent été ju-
gés par l'assemblée du peuple. Ce projet donna lieu aux discussions les plus
acerbes; le sénat et l'ordre équestre
prirent le deuil, supplièrent le peuple

de le rejeter : la rogation de Clodius fut convertie en plébiscite par les centuries.

Cicéron eût pu lutter encore et se défendre à main armée dans Rome ; mais il céda à la fortune, et, pleurant les erreurs de sa patrie ingrate, il s'achemina vers l'exil.

Pison, beau-père de César et cousin-germain de Céthégus, et Gabinius, ami intime de Catilina, tous deux consuls de cette année 694, célébrèrent à cette occasion dans un banquet la mémoire du conspirateur mort à la bataille de Pistoie.

Tous les biens de Cicéron furent confisqués. La populace arracha Térentia et Fabia du temple de Vesta, et les ac-

cabla d'outrages ; le jeune fils du consul n'évita la mort qu'en se cachant.

Elius Lamia, qui avait occupé la for-
teresse du Capitole pendant le jugement et le supplice des conjurés, fut
aussi puni par l'exil.

Telles étaient les réactions de cette
funeste époque.

Enfin, après seize mois d'absence,
l'orateur put revoir sa patrie. Il arriva
à Rome le 4 septembre 696, accompagné de sa fille Tullie. Le sénat, l'ordre
équestre, le peuple en masse vinrent
le recevoir en dehors de la porte Ca-
pène. Le concours fut immense ; l'Italie entière assistait au triomphe de
l'homme éloquent, du philosophe
éclairé, du magistrat intègre, auquel

on n'eut jamais à reprocher d'autre faute que d'avoir sauvé sa patrie malgré les lois. On réhabilita son nom, on l'indemnisa de ses pertes; on ne négligea rien pour consoler cette âme d'élite, non moins passionnée pour la gloire que sensible à la misère et au malheur.

Hélas! un homme grandissait dont la haine demandait du sang pour s'assouvir. Quinze ans plus tard Cicéron tombait à Formies sous les coups des satellites d'Antoine le Triumvir, beau-fils de l'infortuné Lentulus.

La tête de Cicéron fut alors exposée sur la tribune aux harangues. Le peuple frémit d'épouvante, quand il reconnut la bouche entr'ouverte, les

yeux éteints, les joues livides de cet
orateur chéri, dont l'éloquence l'avait
si souvent ravi d'admiration.

Résumons-nous. La conjuration ne
fut qu'une déplorable conséquence de
la tyrannie de Sylla et de la pression
écrasante qu'il avait exercée sur les populations de l'Italie.

Quand le parti oligarchique, res-
tauré par Sylla, eut tout accaparé dans
la République, richesses, magistratu-
res et sacerdoces, quand il ne songea
plus qu'à maintenir son despotisme, il
voulut perdre ceux dont le glaive lui
avait ouvert, à travers des flots de sang,
le chemin de la tyrannie.

Il voulut les perdre parce qu'ils

étaient pauvres, ambitieux, pleins
d'une énergie désespérée, et qu'ils ré-
clamaient une nouvelle part de dépouilles, car la première, ils l'avaient
dissipée.

A la tête de ces ennemis de l'oligarchie apparaît Catilina, le plus noble, le
plus habile, le plus brave et le plus
scélérat d'entre eux; il prend en main
la cause de ses compagnons d'armes
opprimés.

Ces vétérans du Dictateur, perdus de
dettes et de débauches, ces jeunes patriciens, que Sergius a formés au crime
dans sa maison du Palatin, trouvent
bientôt des alliés. Une multitude in-
nombrable d'étrangers, Toscans, Cisalpins, paysans de l'Ombrie, du Picénum

et de la Campanie, au milieu desquels Sylla a passé et repassé quinze ans auparavant comme le génie du mal, brûlant, pillant, égorgeant, ravageant tout sur son passage, s'unissent aux anciens satellites de leur ennemi. Les uns veulent renverser l'oligarchie; les autres espèrent abolir le nom romain.

On se combat d'abord par la ruse, par la trahison, au forum, au champ de Mars et dans le palais du sénat; puis, par la corde et par le glaive : la querelle se termina par le supplice de Lentulus et la bataille de Pistoie.

Ce champ de bataille inondé de sang, jonché de morts, que Salluste nous a dépeint à la fin de sa Guerre Catilinaire, nous représente l'image fidèle de la faction patricienne après sa victoire. Des deux partis qui ont combattu, l'un est anéanti, l'autre a immolé ses amis, ses hôtes, ses parens, ses frères, ses plus intrépides défenseurs.

Un seul homme profita de la conjuration, ce fut César.

Il attaqua bientôt l'oligarchie, affaiblie, décimée par ses querelles intestines. La République, telle que Brutus l'avait fondée et que l'avait réorganisée Sylla, n'était plus possible; César usurpa la dictature, et ce dictateur devint plus puissant qu'un roi.

Les patriciens se vengèrent de lui en l'assassinant en plein sénat; mais son sang ne fit pas refleurir la liberté. De son pied, le Dictateur avait marqué, au sommet du monde romain, la place où l'empereur Auguste devait placer le sien.

L'humanité gémissait sous le joug de quelques hommes ; la moitié du monde était opprimée, dépouillée, courbée sous un joug de fer ; l'autre gémissait dans l'esclavage. Bientôt naquit, dans la plus pauvre bourgade du pays, le plus pauvre et le plus méprisé de la terre, un sage, un philosophe, un prophète, un Dieu, qui racheta de son sang les douleurs et les crimes de l'humanité.

FIN DES MYSTÈRES DE ROME.

FRELUQUET,

EX-GARDE-FRANÇAISE,

Sergent au deuxième Bataillon des Fédérés-Nationaux (1793).

I.

Battus à Chollet par les troupes républicaines, les Vendéens avaient quitté
leur pays et se préparaient à faire sur
Granville cette pointe hardie qui se termina par le désastre de Savenay. Ils
manœuvraient sur la rive droite de la
Loire, poursuivis par Westermann,

Beaupuy, Kléber, Canuel et les terribles Mayençais.

Deux provinces pouvaient leur servir de refuge, la Normandie, que bloquait une escadre anglaise, et la Bretagne, pays montueux, semé de bois, sillonné par de nombreux cours d'eau, habité par un peuple énergique, où d'ardentes sympathies les appelaient.

Le général Rossignol, commandant l'armée des côtes de Brest, craignait que le Morbihan ne fût bientôt envahi. En conséquence, il avait muni de postes nombreux le cours de la Villaine, qui marquait les limites de son gouvernement.

L'insurrection n'avait pas encore arboré le drapeau blanc en Bretagne. Le gentilhomme campagnard continuait d'y habiter son manoir à tourelles, le curé son presbytère, le paysan sa hutte, perdue au milieu des ajoncs et des genêts. Mais les signes avant-coureurs d'une guerre civile, complots, assassinats, arrestations, agitaient les populations belliqueuses des districts de Ploërmel et de Pontivy. Les frères Chouans organisaient leurs bandes, que sabraient parfois les cavaliers républicains ; et le marquis de Puisaye suscitait dans l'ombre de nouveaux ennemis à la Convention.

De tous les corps-de-garde échelonnés sur la Villaine par le général de division Rossignol, le plus important était celui qui surveillait la route de

Vannes à la capitale de l'ancienne Vendée. Un détachement du second bataillon des Fédérés-Nationaux l'occupait,
sous la conduite d'un lieutenant. Les
fédérés, au nombre de trente, s'étaient
logés, tant bien que mal, à la hauteur
de Marzan, dans une auberge aban-
donnée.

Ce poste, du reste, comme tous ceux
de la Villaine, depuis Pénerf jusqu'à
Redon, était placé sous la surveillance
d'un officier supérieur, résidant à la
Roche-Bernard.

Il était cinq heures du soir ; il avait
fait une chaude journée d'automne ;
le temps était à l'orage, et le soleil se
couchait dans de lourdes vapeurs gri-

ses, que perçaient par intervalles ses rayons dorés.

A l'exception des sentinelles placées çà et là sur les collines et les tertres voisins, tous les soldats cantonnés dans le cabaret de Marzan se livraient aux plaisirs de la *drogue* ou bien aux douceurs du sommeil. Leur officier même s'était retiré dans sa chambre, laissant au caporal de service le soin de distribuer à chaque homme ses deux heures de faction.

Or, voici l'aspect que présentait la chambre du lieutenant.

C'était une pièce de six pieds carrés, contiguë au corps-de-garde, dans lequel bâillaient, flânaient, s'ennuyaient du matin au soir les troupiers républicains. Les pierres des murailles étaient à nu, et

de magnifiques toiles d'araignées tapis-
saient les solives enfumées du toit, par
les crevasses duquel on apercevait le
ciel bleu. Le sol présentait l'aspect d'une
terre labourable ; la fenêtre qui éclairait
ce réduit était devenue inutile, car l'air
et la lumière y pénétraient de partout.

On n'y voyait que deux lits de paille
fraîche, que deux personnes occupaient.

L'une d'elles, jeune homme de vingt-
trois ans, portait le splendide costume
des officiers de cette époque : un habit
bleu à larges revers, une culotte blanche et des bottes à retroussis. Son frac,
que la chaleur l'avait forcé d'ouvrir,
laissait apercevoir une fine chemise de
toile de Flandres. Au-dessus de lui
étaient suspendus, à un morceau de

bois fiché dans la muraille, son épée à
la triple garde, contournée en spirale, et
son chapeau, d'où pendait une flamme
de laine rouge et bleue.

Le lieutenant d'infanterie, Félix de
Maurienne, avait une belle figure, d'un
dessein correct et d'un caractère élevé.
Ses yeux étaient bruns, son nez aquilin,
ses lèvres fines et rosées. Il portait toute
sa chevelure, qui retombait sur ses
épaules en anneaux d'un noir d'ébène.

La coupe de ses habits faisait admirablement ressortir l'élégance de sa taille
et la séduisante perfection de ses formes.

Il avait quitté depuis quatre ans l'é-
cole militaire de Brienne, et appartenait
à cette génération de braves et galans
officiers qui plantèrent dans toutes les

capitales de l'Europe notre drapeau national.

Etendu sur la paille, la tête appuyée sur une de ses mains, M. de Maurienne semblait en proie à de pénibles réflexions.

L'individu qui se tenait assis sur l'autre grabat, à l'angle opposé de la chambre, était un vieux militaire de taille athlétique, décoré du grade de sergent.

Ce qui attirait le plus l'attention, quand on se trouvait face à face avec lui, était une profonde cicatrice qui lui sillonnait la joue depuis la tempe gauche jusqu'à l'extrémité du menton. Le sabre d'un cuirassier prussien avait pratiqué cette énorme solution de continuité au milieu du mâle visage de

Freluquet, ci-devant garde-française de la compagnie colonelle du maréchal de Biron.

Le sergent n'en présentait pas moins l'aspect d'un grenadier magnifique, à qui ses rides, son teint brun et sa moustache, d'un blanc de neige, donnaient un air tout-à-fait guerrier. Freluquet n'était pas son nom ; ses camarades l'appelaient ainsi pour rendre hommage au soin minutieux qu'il avait de ses habits et de sa personne.

Voici en quoi le luxe du sergent consistait.

Son large buste était emprisonné dans un uniforme de garde-française, d'une propreté irréprochable, mais tellement râpé, dont les poils avaient si complètement délaissé la trame, que c'était plutôt le souvenir que la réalité d'un vêtement. Il avait pris au cavalier allemand qui l'avait balafré la culotte de daim dont il se parait; au-dessous de cette culotte, il montrait son mollet robuste et velu, que le manque de guêtres laissait à nu.

Quant à sa tête et à ses pieds, Freluquet ne les couvrait que de dépouilles opimes, c'est-à-dire de bonnets de laine et de sabots, qu'il enlevait sur le champ de bataille aux paysans de la Vendée.

Le sergent passait pour l'homme le mieux mis du second bataillon des Fédérés-Nationaux. On le citait aux conscrits comme un modèle de bonne tenue.

Tandis que son lieutenant s'abandonnait à la tristesse, le ci-devant
garde-française, armé d'une longue aiguille de ravaudeuse, raccommodait ses
chaussettes avec la gravité d'un sénateur romain.

Parfois, il suspendait son travail pour
jeter un regard à la dérobée sur M. de
Maurienne, dont l'abattement le cha-
grinait. Puis il poussait un gros soupir,
et recommençait à introduire des bouts
de fil entre les mailles disjointes de ses
bas.

Freluquet eût désiré recevoir les con-
fidences de son lieutenant; mais il n'o-
sait pas l'interroger.

C'est que l'ex-garde-française avait

vécu au milieu d'une société justement célèbre par l'élégance de ses manières et l'exquise urbanité de son langage. Il n'oubliait jamais les égards qu'il devait à ses chefs; il ne leur adressait point la parole sans nécessité, et se gardait de les tutoyer. Freluquet avait en ceci d'autant plus de mérite, qu'au temps des guerres de la Vendée, à force de se montrer poli, on se faisait guillotiner.

Enfin, les gémissemens du vieux soldat devenaient de plus en plus bruyans, ils attirèrent l'attention de M. de Maurienne.

— Qu'as-tu donc à geindre comme un soufflet de forges, Freluquet ? lui demanda le jeune homme.

— Je n'ai rien, mon lieutenant, ré-

pondit le ci-devant garde-française,
d'une voix flûtée.

— Freluquet, reprit Félix de Maurienne, tu ne dis pas la vérité.

— Hum ! fit le vétéran.

— Qu'as-tu ? je veux le savoir.

— Mon lieutenant, répliqua Freluquet, si je donnais un coup de baïonnette dans la gamelle d'un conscrit, ça
ne mettrait pas de beurre dans sa soupe, n'est-ce pas ?

— C'est vrai, dit l'officier.

— Eh bien ! poursuivit l'ex-garde-
française, autant vaudrait piquer ledit
instrument dans le bouillon de l'ordinaire que répondre à *celle* que vous
voulez bien m'adresser.

— Pourquoi cela ?

— Parce que j'aurais beau vous rou-
couler comme quoi je suis vexé, que
ça ne m'empêcherait pas de l'être énor-
mément.

— N'as-tu plus de confiance en moi,
Freluquet ?

— Ah ! si, j'en ai de cette confiance;
mais vous, Monsieur Félix, vous ne ren-
dez pas la réciproque à votre sergent.
Cette pensée le coupe en zigzag, croyez-
le bien.

— Un reproche ? dit M. de Maurienne.

— Excusez, mon lieutenant ; il n'y
a pas d'affront, répondit Freluquet. Te-
nez, je vais m'expliquer franchement

avec vous. Je souffre de vous voir triste, muet comme un vieux fusil sans platine, vous que j'ai connu si gai, si gentil, et qui nous chantiez pendant les marches des chansons à faire crever de rire le château de Quiberon.

— Freluquet, mon ami, répliqua le jeune homme, les temps sont bien changés.

— Quoi qu'il y a de changé? demanda Freluquet. Est-ce que le troupier français a cessé d'être une espèce de farceur qui *triomphe insensiblement,* qui s'invite à dîner chez le paysan, et qui tire son pain, son vin, son fricot, tout, jusqu'à ses boutons de guêtres, d'une clarinette de cinq pieds.

Cette définition du soldat français

amena un sourire sur les lèvres de
M. de Maurienne; mais ce sourire n'é-
claira qu'un instant sa belle figure as-
sombrie par la tristesse. Freluquet s'é-
tait remis à ses travaux d'aiguille, et
le lieutenant, distrait par une pensée
secrète, suivait des yeux tous ses mouvemens.

— Mon brave, reprit bientôt le jeune
homme, sortant de sa rêverie, pour un
ancien garde-française, tu n'as pas de
perspicacité.

— Que voulez-vous, Monsieur Félix?
répondit naïvement Freluquet, mes parens ne m'ont pas *éduqué*.

— Tu ne soupçonnes pas la cause de
mes chagrins? poursuivit M. de Maurienne.

— Peut-être, fit le vétéran.

— Que supposes-tu? dis-le-moi.

— Vous m'interrogez toujours, lieutenant, répliqua l'ex-garde-française
d'un air contrarié.

— Allons! confesse-toi! je le veux.

— Vous allez me forcer à lâcher une
grosse bêtise.

— Qu'importe?

— Au fait, répondit le vétéran, sur la
quantité....

— J'attends, dit M. de Maurienne.

Freluquet regarda son lieutenant de
travers, et murmura :

— Le souvenir de votre épouse vous
tarabuste, mon officier.

— Je l'avoue, répliqua le jeune homme. Depuis que ma Louise est partie et que je suis privé de ses nouvelles, je n'existe plus.

— Vous végétez, quoi.

— Précisément.

— Mais puisqu'il a fallu qu'elle quittât le second bataillon des Fédérés-Nationaux.

— J'aurais dû la garder près de moi.

— Est-que ça se pouvait ? répondit Freluquet. Les troupiers, voyez-vous, Monsieur Félix, ça souffre sans se plaindre toute sorte d'*intempéries*. On leur crève un œil, on leur casse un bras, on leur escamote une jambe, on les invite à ne pas dîner : ils n'en ont que meilleur appétit. Mais vouloir donner à une jolie petite femme comme la vôtre de pareilles habitudes, s'obstiner à la maintenir dans le cadre d'un bataillon où l'on est à peine vêtu, allons donc ! ça n'aurait pas le sens commun, ça serait indécent.

Félix de Maurienne quitta son lit, se rapprocha de Freluquet et lui dit à voix basse :

— Louise court de graves dangers dans sa retraite de Saint-Gildas.

— Bah ! répliqua l'ex-garde-française. Depuis quelques jours, lieutenant, vous avez des idées toutes biscornues. La dernière fois que j'ai rendu visite à cette chère dame, je l'ai trouvée bien tranquillement assise à côté de Margaret, tortillant de ses jolis doigts, je ne sais combien de petits chiffons.

—Ce vieux fou de Kergoëlan peut découvrir sa demeure, et la punir cruellement de s'être mariée en dépit de l'autorité paternelle avec un officier des *bleus*.

—Je ne nie pas que votre beau-père ne soit un lapin très-rustique, poursuivit Freluquet; mais nous avons dissimulé sa demoiselle avec tant d'astuce, que les cinq cent mille millions de diables ne la trouveraient pas.

—Tu te trompes. Le vieux Chouan a de nombreux espions dans le pays; s'il se met à la recherche de Louise, il est impossible qu'elle lui échappe long-temps.

—Vous croyez ?

—Il la tuera, et nous serons coupables de cette mort, Freluquet.

—Nous, Monsieur Félix ?

— Oui, nous.

—Comment ça ?

—Parce qu'il est de notre devoir de défendre Mme de Maurienne, puisqu'elle s'est mise sous notre protection.

— Fichtre ! dit Freluquet.

—Il faut la sauver.

— Je ne demande pas mieux.

—Ce soir, après neuf heures, quand la ronde aura passé, nous quitterons secrètement le poste.

—Nous quitterons le poste, lieute-

nant? fit l'ex-garde-française, dont la
voix s'altéra subitement.

— Oui.

— Mais...

— Mais quoi?

— On nous fusillera net... en douze
temps. Et moi qui n'ai jamais eu de
punition !

— Tu es libre de ne pas m'accompa-
gner ce soir à Saint-Gildas, mais j'irai
même au péril de ma vie, répondit
M. de Maurienne, dont la passion,
grandie par l'absence, irritée par de
funestes pressentimens, ne connaissait
pas d'obstacles, et se révolta tout-à-
coup contre la froide logique du bon-
homme Freluquet.

L'ex-garde-française leva les yeux vers son lieutenant.

— Je vous suivrai, Monsieur, dit-il avec humeur. Freluquet, voyez-vous, se *fiche* d'une balle comme d'une vieille chique.

Et, joignant le geste aux paroles, le vétéran tira sa chique de sa bouche et la lança contre le mur, auquel elle resta collée.

Ce discours du sergent et l'éloquente pantomime dont il l'avait accompagné touchèrent Monsieur de Maurienne. Il rougit de son emportement, et, voulant parlementer avec Freluquet,

— Ecoute ! mon brave, reprit-il...

— Je n'écoute rien, interrompit l'ex-

garde-française. Vous êtes lieutenant;
c'est à vous de diriger la manœuvre.
Donnez-vos ordres et j'obéirai.

—Calme-toi, grognard, ajouta Félix,
et causons sans emportement. Je t'ac-
corde qu'en désertant notre poste presque en face de l'ennemi, nous com-
mettrons une imprudence et même une
mauvaise action.

Freluquet ne répondit pas.

— Mais de sinistres pressentimens
m'assiègent. Il me semble que, si nous
n'allons pas cette nuit même au secours
de Louise, elle périra. Veux-tu que je
l'abandonne ?

L'ex-garde-française gardait un silence obstiné.

— Tu es rancuneux comme une vieille cantinière, Freluquet, lui dit l'officier.

— Moi? répondit le vétéran.

— Tu te bats bien, mais tu boudes encore mieux.

Freluquet croisa les bras sur sa poitrine.

— Ah ! je boude, répliqua-t-il. Et pourquoi donc que je boude, Monsieur Félix, hein ?

— Pour une phrase un peu vive qui m'a échappé.

— Supposer que votre vieux sergent refusera de vous suivre *ous qu'il* y a un coup de fusil à partager ! poursuivit lentement Freluquet en faisant vibrer les dernières notes de sa basse-taille;

vous avez eu ce cœur-là, mon lieutenant?

—Je mérite des reproches, j'en con-
viens, reprit M. de Maurienne. Mais que
penses-tu du voyage que je projette?

— On peut se permettre c'te bêtise,
puisque c'est votre *utopie*.

—Toujours des remontrances.

—Parbleu ! dit Freluquet, s'il sur-
vient une ronde supérieure, tandis que
nous gigotterons dans les genêts, notre
compte sera clair ; on nous flambera ;
et M⁰ᵉ Louise aura bien de l'agrément
dans le second bataillon des Fédérés-
Nationaux, quand on aura mis une livre de plomb dans la *sorbonne* de son
mari.

Cette dernière réflexion de Frelu-

quet modifia quelque peu les résolutions de M. de Maurienne. Il se recueil-
lit un instant ; puis, se tournant vers
l'ex-garde-française :

— Connais-tu, lui dit-il, dans la gar-
nison de la Roche-Bernard, un sous-
officier d'une taille à peu près semblable
à la tienne, qui voudrait te remplacer
pour une nuit.

— Oui, répondit le sergent.

— Et tu serais certain de la discré-
tion de cet homme ?

— Quant à la chose de parler, Dévorant est un vrai poisson, répliqua
Freluquet.

— Fais-le venir, poursuivit le lieutenant. Je vais écrire de mon côté à mon

ami de Novion, et le prier de se rendre incessamment ici. Ils veilleront pour nous ensemble durant notre voyage à Saint-Gildas, et notre poste ainsi ne restera pas sans chefs.

— Mais si l'on découvre la mèche ?

— Nous serons punis, mais non fusillés. Saint-Gildas, d'ailleurs, n'est qu'à six lieues ; à quatre heures du matin nous serons de retour, et notre absence n'aura pas été remarquée.

— Enjôleur ! dit en riant l'ex-garde-française, que de couleuvres vous me feriez avaler ! Griffonnez deux mots pour votre lieutenant, et deux mots encore pour Dévorant ; j'enverrai de suite un homme de corvée porter vos lettres à la Roche-Bernard.

En même temps il entr'ouvrit la porte du corps-de-garde.

— L'Amoureux ! cria-t-il.

Un soldat en guenilles accourut.

— Toi qui as d'assez beaux restes de souliers autour des orteils, lui dit Freluquet, pare-toi pour aller instantanément à la Roche-Bernard, *ous que* t'appelle le service de la Nation.

II.

Non loin du hameau de Saint-Gildas, une pauvre cabane de pêcheur était cachée dans le pli d'un ravin. On y arrivait par une longue rampe, inclinée au sud et plantée de bruyères, d'ajoncs et de genêts.

La hutte n'avait qu'une seule mu-

raille en forme de pignon, du sommet
de laquelle descendait jusqu'à terre une
solive formant arête et supportant un
toit fourchu ; et comme ce bouge, plus
ténébreux, plus humide que la tanière
d'une bête fauve, atteignait à peine la
hauteur des broussailles qui l'environ-
naient ; comme il y avait des mousses
verdâtres sur le chaume dont il était
recouvert, rien à l'extérieur n'en tra-
hissait l'existence.

On pouvait littéralement se prome-
ner dessus sans soupçonner qu'on fou-
lât aux pieds l'habitation d'un être
humain.

Vis-à-vis du triangle en maçonnerie,
qui servait d'appui au fragile édifice que
nous décrivons, s'élevait un amas de

roches granitiques aussi vieilles que le monde. Ces basaltes éternels allaient en s'abaissant jusqu'à la mer, qu'on apercevait par l'unique fenêtre de la hutte tantôt blanche et miroitante, tantôt verte et précipitant les unes sur les autres ses vagues courroucées.

Un étroit sentier, taillé dans la pierre dure, conduisait à la porte de la cabane où nous allons introduire le lecteur.

Elle était meublée d'une couchette enfermée dans un coffre de sapin, de deux escabelles, d'un dressoir garni de vaisselle, et d'une toilette de citronnier, dont l'élégance contrastait avec la simplicité des autres parties de ce rustique mobilier.

Une vieille femme aveugle filait, le

dos tourné au foyer, tandis qu'une autre paysanne restait penchée sous les reflets blafards qui tombaient de la fenêtre, et travaillait à un ouvrage de cou-
ture.

Celle-ci portait avec une aisance re-
marquable sa cotte de velours, décou-
pée en triangle sur la poitrine. La gar-
niture de son bonnet encadrait une
charmante figure ovale, dont l'expression captivait par un singulier mélange
de pudeur et de coquetterie. Le regard,
un peu fixe peut-être, qui animait ses
yeux gris-clair, doux et limpides, devait inspirer facilement l'amour, car il
était doué de cette inexplicable sym-
pathie qui vous atteint le cœur par un
choc imprévu.

Un petit nez retroussé comme La-
tour savait les peindre, une bouche di-
vine, des cheveux châtains, alignés en
bandeaux sur des tempes d'une délica-
tesse et d'une blancheur virginales, prê-
taient un charme infini au visage rail-
leur, chaste, passionné, de cette adora-
ble jeune femme de vingt ans.

Elle se nommait Louise de Kergoëlan, et la vieille personne qui filait auprès d'elle n'était autre que sa nourrice,
aux soins de laquelle Félix de Maurienne l'avait confiée.

La première entrevue de Louise et
du lieutenant avait eu lieu six mois
auparavant, en Vendée, à la suite
d'une sanglante escarmouche soutenue
aux environs de Grand-Lieu par des

paysans royalistes contre un détachement de soldats républicains.

De Maurienne, qui servait alors dans
l'armée de l'Ouest, commandait les
bleus à cette affaire. Vainqueur des
Vendéens, il avait poursuivi le ci-devant marquis de Kergoëlan, leur chef,
jusque dans son château d'Ardenac, sur
le Palleron, et l'y avait assiégé.

Kergoëlan se rendit après quinze
jours de résistance. La guillotine l'attendait à Nantes; la beauté de sa fille
le sauva.

Félix devint éperdument amoureux
de sa prisonnière; celle-ci partagea la
passion du jeune officier.

De Maurienne consentit à l'évasion

du marquis, emmena Louise à Nantes et l'épousa.

La colère de M. de Kergoëlan fut grande quand il apprit ce mariage. Il n'eût point pardonné à sa fille d'épouser un jacobin ; mais l'union des amans n'avait pas été sanctionnée par l'Église ; Louise, aux yeux du marquis, n'était que la maîtresse d'un officier des bleus, d'un impie, d'un brigand : cette pensée excita jusqu'à la folie l'orgueil farouche du vieux gentilhomme ; il jura de tuer celle qui avait déshonoré son nom.

Il lui écrivit une lettre pleine de menaces, où il l'accabla de ses malédictions.

Ceci se passait en mai 1793. On était en pleine Terreur.

M. de Maurienne, plus épris de sa femme que jamais, désirait conserver à tout prix une tête si chère. Craignant également pour elle, et la vengeance aveugle de M. de Kergoëlan, et la fureur des sans-culottes, qui promenaient alors sur la France le niveau sanglant de l'égalité devant la mort, il la garda cinq mois auprès de lui. Puis, ayant été incorporé, avec le second bataillon des Fédérés-Nationaux, dans la division du général Rossignol, et envoyé à Brest où Jean-Bon-Saint-André représentait la Convention, il la fit disparaître.

Louise partit secrètement avec sa nourrice et vint habiter, près de Saint-

Gildas, la hutte ignorée où nous la re-
trouvons.

Ajoutons au portrait que nous avons
tracé de. Mme de Maurienne qu'elle était
grande, svelte; qu'elle avait la gorge et
les épaules moulées sur d'admirables
proportions, et que les plis du jupon
de bure grossière qu'elle portait depuis
sa retraite à Saint-Gildas, en donnant
de l'ampleur à ses formes, en faisaient
admirablement valoir le robuste et
complet développement.

Le travail auquel se livrait Mme de
Maurienne semblait avoir absorbé toute
son attention. Depuis long-temps elle
n'avait rien dit à Margaret, sa compagne, qui, malgré sa cécité, étirait, dé-
barrassait de ses nœuds le chanvre de

sa quenouille avec une étonnante dextérité.

Un silence absolu régnait dans la hutte. Aucun bruit n'arrivait plus à l'oreille de la vieille aveugle, si ce n'est le monotone ronflement de son fuseau.

Or, Margaret, qui ne pouvait voir sa pupille, voulait au moins l'entendre parler.

— Êtes-vous toujours ici, Mam'selle? lui dit-elle pour engager la conversation.

— Oui, ma bonne Margaret, répondit Louise. Je me hâte de terminer mon ouvrage, car la nuit commence à tomber.

— Parlez-moi donc, reprit la vieille;

ça m'ennuie de ne plus entendre votre voix.

— Hé! que te dirai-je? Je souffre, et quand on souffre il ne faut pas communiquer sa peine aux autres. Il vaut mieux la concentrer en soi.

— Causons un peu de M. Félix; je suis sûre que cette conversation vous distraira.

— Mais c'est lui qui excite tous mes regrets, toutes mes inquiétudes. Depuis que nous habitons cette affreuse cabane, je ne pense qu'à lui, Margaret.

— Pauvre *petiote!* murmura la vieille femme.

— Il y a huit jours qu'il n'est venu, poursuivit Mme de Maurienne.

— Oui. Son service le retient.

— Pourquoi n'a-t-il pas chargé son vieux sergent de nous porter de ses nouvelles?

— On les aura envoyés tous les deux en Vendée, peut-être de l'autre côté de Nantes, bien loin, bien loin, répliqua la vieille.

— Quelle horrible guerre sommes-nous condamnées à voir! Oh ! les prêtres et les nobles qui l'ont allumée sont bien coupables, n'est-ce pas, Margaret?

— Ils disent qu'ils défendent la religion et le roi, répondit la paysanne; mais c'est toujours le pauvre monde qui en pâtit.

— Les grands subissent comme les

petits les conséquences de leur fanatisme, repartit Louise. Et quand je songe que mon mari se trouve peut-être engagé une seconde fois dans cette lutte sans merci; qu'à chaque heure du jour la mort peut le surprendre, crois-tu que je sois capable de goûter un instant de repos, Margaret? O mon Dieu, mon Dieu, veillez sur lui, ajouta Mme de Maurienne en joignant les mains.

— Certainement, petiote, Dieu le défendra; car c'est un digne jeune homme, fit la vieille aveugle tout émue.

— Prions pour lui, reprit Mme de Maurienne; ma vie tient à la sienne. S'il périt, je ne lui survivrai pas.

— Oh! Mam'selle, c'est mal ce que vous dites-là, répondit Margaret.

— J'ai lié mon existence à celle de M. de Maurienne par un crime. En ce monde ou dans l'autre, il faut que nous restions unis.

— Par un crime? murmura la paysanne dont les mains restèrent inactives, l'une suspendue à sa quenouille, l'autre crispée sur son fuseau.

— Je suis sa femme, poursuivit Mlle de Kergoëlan.

—Eh bien?

— Mais un prêtre a-t-il béni notre mariage?

Margaret baissa la tête.

—Non ! dit Louise. Un officier municipal, ceint d'une écharpe tricolore, a seul reçu nos promesses. Suivant les principes de notre sainte religion, je ne suis donc pas l'épouse légitime de M. de Maurienne. S'il mourait maintenant, non-seulement je perdrais l'être bien-aimé dont l'affection m'est nécessaire pour vivre, mais je resterais déshono-rée, infâme à jamais, sans aucun es-poir de réhabilitation. Je ne survivrais pas à tant de regrets, à tant de honte. Le courage me manquerait-il pour me détruire, que la douleur me tuerait.

— Chère enfant, votre faute est ex-cusable, répondit la bonne Margaret. Qu'eussiez-vous fait après la ruine de votre père, sans fortune, sans protec-tion, sans appui ?

— Le marquis de Kergoëlan m'a maudite, répliqua Louise. Compte bien

que le monde ne se montrera pas plus
indulgent que lui envers moi.

— Mais votre père ne pense pas un
mot de toutes les vilaines choses qu'il
vous a écrites, Mam'selle. Sa haine contre les bleus a certainement égaré la
raison de ce digne seigneur. Je suis
persuadée qu'au fond de son âme il
vous a pardonnée.

— Margaret, dit Mlle de Kergoëlan,
les passions politiques ne pardonnent
jamais !

— Allons donc ! est-ce qu'il oserait
mettre ses menaces à exécution ? Au
fait, Mam'selle, ajouta Margaret, ça me
bouleverse de penser à tout cela. Devi-
sons d'autre chose. M. le marquis ne
viendra pas vous chercher ici ; personne

en Bretagne ne connaît votre retraite.

— Qu'en savons-nous? fit Mme de Maurienne.

Et, cédant tout-à-coup à un de ces abattemens inexplicables qui énervent en certains momens toutes les forces de notre être moral, sans qu'on puisse en deviner la cause, Louise appuya son front sur sa main, et des pleurs mouillèrent ses yeux.

— Nous avons une lieue de broussailles tout autour de nous, poursuivit la vieille aveugle, et pas un pêcheur, depuis Pénerf jusqu'à Locmariaquer, ne voudrait approcher de cette hutte, où l'on prétend que l'âme du père Krist revient. Comment donc, chère demoiselle, aurait-on appris que nous nous y tenons cachées?

Mme de Maurienne ne répondit pas, craignant que sa nourrice ne devinât ses larmes au son de sa voix.

— Vous ne me dites plus rien? lui demanda Margaret.

Louise réprima les sanglots qui lui gonflaient la poitrine.

— Il m'a semblé, hier soir, reprit-elle, apercevoir un homme qui rôdait autour de notre maison.

— Vraiment?

— A mon approche, il s'est enfui.

— Vous vous serez trompée, mon enfant, dit Margaret.

La vieille femme se redressa vivement, prêta l'oreille comme si elle eût
voulu saisir dans l'espace un bruit presque imperceptible; puis, élevant sa main
gauche en l'air, pour imposer silence à
sa compagne :

— J'ai entendu quelqu'un marcher
dans le sentier qui conduit au ravin,
murmura-t-elle.

Mme de Maurienne fit de vains efforts
pour percevoir les sons qui avaient ex-
cité l'attention de Margaret; mais la
vieille aveugle, dont l'ouïe était d'une
sensibilité extrême, porta l'index à ses
lèvres et poursuivit :

— Les hommes s'approchent d'ici.
Ils sont deux, trois, quatre. Sainte Mère
de Dieu ! que nous veulent-ils?

En effet, Mme de Maurienne entendit bientôt retentir les pas mesurés
d'une troupe d'individus qui s'avan-
çaient vers la hutte.

— Ce sont les soldats de M. de Maurienne peut-être, reprit Margaret tremblante. Leurs pieds frappent la terre
ensemble. Les Chouans ne marchent
pas ainsi.

Au même instant, un coup violent
ébranla la porte de la cabane, qui se
rompit de toutes parts. Un second coup
l'enfonça.

Les planches vermoulues dont elle
était formée tombèrent aux pieds de
Mme de Maurienne, qu'elles couvrirent
de poussière et de débris.

Quatre paysans, habillés de bure, coiffés de larges feutres et armés comme des soldats de l'infanterie de ligne, envahirent la hutte. Louise se leva et courut se cacher derrière Margaret.

— Ne la touchez pas; oh! qui que vous soyez, ne touchez pas à ma fille, s'écria la vieille en se plaçant debout entre Mme de Maurienne et les paysans.

Ses bras ramenés en arrière couvraient sa pupille, et malgré le frisson qui agitait ses membres, son visage, pâle de terreur, avait conservé cette immobilité pénible qu'affectent les traits de toutes les personnes frappées de cécité.

Alors intervint un nouveau personnage, vêtu, comme les habitans du Morbihan, d'un habit droit à larges basques, nommé dans le pays *galisset*; d'une culotte et de guêtres en droguet blanc. Celui-ci portait sur la poitrine un morceau d'étoffe représentant un cœur surmonté d'une croix.

Il s'arrêta sur le seuil de la hutte.

Dès qu'elle l'aperçut, Mme de Maurienne se débarrassa des étreintes de Margaret.

— Mon père, mon père, défendez-moi contre ces misérables; sauvez-moi ! cria la jeune femme.

Et elle s'élança vers le marquis, dont la figure ne trahit aucune émotion.

Mme de Maurienne tint un instant son père embrassé. Puis elle s'affaissa sur lui; ses bras abandonnèrent le cou de

M. de Kergoëlan ; elle tomba évanouie
par terre sans que l'implacable Ven-
déen songeât à la retenir.

— Emportez cette femme, dit-il à
ses paysans.

Ceux-ci se mirent immédiatement en
devoir d'accomplir les ordres de leur
chef.

— Vous ne l'emmènerez pas, c'est
ma fille, reprit Margaret. Louise, où
es-tu? viens auprès de moi. Je te dé-
fendrai tant qu'il me restera une goutte
de sang dans les veines. Ciel! je n'en-
tends plus rien.... Ils sont partis....
Rendez-moi ma fille, hurla la vieille
aveugle en se précipitant hors de la cabane, sur le seuil de laquelle elle s'arrêta éperdue.

Elle entendit comme un bruit d'hommes qui fuyaient.

Alors, surmontant toute crainte, elle courut à leur poursuite, en appelant Mme de Maurienne d'une voix lamentable. Puis, quand elle eut cessé d'ouïr les pas des Chouans, elle se tordit dans une horrible convulsion et tomba morte au milieu des genêts.

Un instant après, une barque s'éloigna du rivage de Saint-Gildas, remonta vers le nord, et s'alla cacher, sans doute pour attendre que la nuit fût devenue plus sombre, dans une crique solitaire de la baie de Quiberon.

Tandis qu'on enlevait Louise, le lieutenant de Maurienne et Freluquet re-

mettaient à leurs amis le commandement de leur poste et se dirigeaient vers
la cabane de Margaret.

III.

A vol d'oiseau, la distance que Félix de Maurienne et son sergent avaient à parcourir, du poste de Marzan à Saint-Gildas, était d'environ sept lieues.

Les robustes militaires, accoutumés à la fatigue, pouvaient la franchir en trois heures et demie. Mais, outre que le che-

min, qui conduisait directement de leur
corps-de-garde à la hutte de Margaret,
n'était pas sûr, il offrait encore de nombreux obstacles, de rapides cours d'eau
et des marais salans impraticables à traverser.

Nos deux voyageurs prirent donc la
route de Vannes jusqu'à Muzillac, et de
là ils se dirigèrent vers Surzur par des
chemins détournés.

Il faisait un clair de lune magnifique,
bien qu'un orage se préparât à l'occident. M. de Maurienne et son compagnon, armés chacun d'un sabre et d'une
paire de pistolets, marchaient allègre-
ment comme de braves gens qu'ils
étaient, sûrs de leur courage et confians
dans la Providence.

L'air frais du soir, le plaisir de voyager après une longue semaine de séjour dans un poste, et surtout le spectacle d'une belle nuit d'automne avaient ranimé Freluquet.

L'ex-garde-française se sentait le cœur content et le pied dispos.

Après deux heures de marche, Freluquet s'arrêta.

— Lieutenant, marquons les étapes, dit-il à Maurienne.

Il prit une gourde suspendue à son côté, la déboucha, en essuya l'orifice du parement de son uniforme, et la présenta respectueusement à son officier.

— A ta santé, mon brave, répondit M. de Maurienne en prenant la gourde.

VII. — 14

Le jeune homme avala deux ou trois gorgées d'eau-de-vie.

Freluquet l'imita et donna une longue accolade à sa bienheureuse calebasse. Puis il bourra sa pipe, l'alluma, et se remit à jouer des jambes avec une nouvelle activité.

Ils arrivèrent sans accident jusqu'au sommet d'une colline qui dominait l'espèce d'isthme formé par les vastes marais de Pénerf et par la petite mer du Morbihan.

La presqu'île qu'ils avaient devant eux n'était, à cette époque, qu'une steppe sauvage, que les genêts, les ajoncs et les bruyères avaient envahie.

De la position élevée qu'ils occu-

paient, de Maurienne et le sergent apercevaient poindre à l'horizon, au milieu
d'un océan de verdure, le clocher du
village de Sarzeau; à droite et à gauche,
des lacs d'eau sans reflets, environnés
de cristallisations brillantes; au loin la
mer dont une fraîche brise de l'ouest
frisait légèrement les flots.

Une ligne blanche marquait à quelques lieues le gisement des côtes de
Quiberon.

Les troupes républicaines n'avaient
pas encore pénétré dans cette région
dangereuse de la Bretagne. Elle offrait
aux Chouans des terrains propres à la
guerre de partisans qu'ils allaient en-
treprendre, et des retraites sûres où les
débris de leurs bataillons vaincus pour-

raient se rallier. De fréquens assassinats
jetaient chaque jour la terreur dans ces
contrées.

M. de Maurienne savait parfaitement
qu'il ne traverserait pas sans périls les
hautes broussailles qui le séparaient de
la hutte de Margaret. Aussi résolut-il
de ne pas s'exposer à découvert au feu
des paysans, que chaque fossé, chaque
touffe de genêts pouvait cacher.

— Freluquet, dit-il à son sergent,
nous allons prendre ce sentier à gauche,
et ne point perdre de vue, s'il est possible, la flèche de l'église de Sarzeau,
qui nous indique à peu près dans quelle
direction nous devons marcher.

— Suffit, mon lieutenant, répondit
l'ex-garde-française.

M. de Maurienne voulut entrer le premier dans l'étroit chemin qu'il montrait au vétéran; mais ce dernier lui saisissant le bras :

— Excusez, mon lieutenant, reprit-il, je passe avant vous.

— Tu ne sauras pas nous conduire, répliqua Félix; tu n'es allé qu'une fois à Saint-Gildas.

— Mais puisque vous êtes là pour me dire : — Freluquet, par flanc droit; — Freluquet, par flanc gauche. Au moindre commandement, je change de front avec ensemble et rapidité.

—Pourquoi veux-tu me précéder? ce n'est pas dans l'ordre.

— Pourquoi? Parce que s'il y a une balle à recevoir dans ce pays de voleurs, j'aime mieux qu'elle entre dans mon sac à vin que dans le vôtre, lieutenant.

— Tu n'es qu'un sot, interrompit le jeune homme. Place à ton officier, Freluquet! je veux aller devant.

— Non pas, non pas, Monsieur Félix, répliqua l'obstiné sergent. Il y a dans le monde un pauvre petit ange de femme qui vous aime, qui a besoin de votre protection, tandis que moi!.. Ma pauvre vieille mère est morte; ma sœur m'a oublié : les corbeaux pourront me manger sans que personne au monde en verse une larme de plus, en boive un coup de moins.

Et, sentant qu'il allait s'attendrir au souvenir de ses affections de famille, Freluquet s'élança à travers les genêts sa pipe à la bouche, laissant derrière lui, de distance en distance, de petits nuages de fumée que le vent dispersait.

M. de Maurienne le suivit.

La brise fraîchissait. La nuit, jusque-là si radieuse, devenait froide et triste. D'épaisses vapeurs jetaient, en traversant l'espace, de lourdes ombres sur le paysage. On n'entendait au loin que les aboiemens de quelques chiens errans, les cris plaintifs des hiboux, et, quand ce lugubre concert venait à s'interrompre, le frôlement continu, monotone des genêts que le vent poussait les uns contre les autres.

Pendant un quart-d'heure, Félix de Maurienne dirigea parfaitement sa course et celle de son compagnon,

grâce au clocher de Sarzeau, duquel il
ne détournait pas les yeux. Mais les
broussailles qui lui fouettaient la figure,
devenant toujours plus hautes et plus
épaisses, il cessa bientôt d'apercevoir
la pyramide octogone qui le guidait.

Dès lors, bien qu'il eut déjà rendu
plusieurs visites à Margaret dans sa cabane, il commença à errer au hasard,
tantôt suivant les sentiers battus, tantôt s'engageant dans de vastes champs
d'arbustes pressés.

Nos voyageurs ne parlaient plus que
pour se consulter sur la route à suivre.
A leur gaîté, à leur ardeur avait succédé l'inquiétude et l'impatience d'at-
teindre le but de leur excursion.

Ils se fatiguèrent ainsi pendant une

heure sans résultat, et atteignirent enfin un plateau sans végétation, sur lequel pyramidaient çà et là quelques basaltes chenus.

— Nous nous sommes égarés, dit M. de Maurienne.

— C'est vrai, lieutenant, répondit Freluquet.

— Je ne connais point cet amas de rochers.

— Ni moi. S'il est vrai que les diables et les sorcières fassent le sabbat, c'est ici qu'ils doivent se réunir.

— Escalade une de ces pierres, mon brave, reprit M. de Maurienne, et tâche de reconnaître notre position.

L'ex-garde-française obéit, et bientôt

sa grande forme se dessina au sommet d'un basalte. Il promena un instant ses regards à l'horizon.

—Nous sommes au bord de la mer, dit-il.

— Aperçois-tu le Morbihan vers le nord? lui demanda Félix.

— Je ne vois que des arbres en parasol, répondit le sergent, qui se découpent en noir sur le bleu du ciel.

— Où le hasard peut-il nous avoir conduits? fit M. de Maurienne désappointé. Tu ne découvres aux alentours aucune trace d'habitation? ajouta-t-il.

— Aucune, mon lieutenant.

— Pas même de cabane de pêcheurs?

— Pas la moindre. Attendez pourtant. Il me semble...

Freluquet se dressa sur la plante des pieds, se baissa, se pencha à droite, puis à gauche, et poursuivit :

— Il me semble que je distingue comme un point rouge au milieu des genêts.

— Dans quelle direction?

— Sur les bords de la mer. Ce ne peut être que la lueur d'une chandelle de résine, et des masses mouvantes l'empêchent par intervalles d'arriver jusqu'à moi.

— Marchons de ce côté, reprit M. de Maurienne. Peut-être trouverons-nous d'honnêtes paysans chez qui nous pourrons nous reposer...

— Et nous rafraîchir, continua Freluquet. Il n'y a plus rien dans ma calebasse.

— Ils nous remettront dans notre chemin, ajouta le jeune officier.

Freluquet sauta de son rocher à terre, et les deux voyageurs s'avancèrent ensemble vers la lumière que le sergent avait signalée.

En la prenant pour guide, M. de Maurienne et son compagnon arrivèrent dans un champ tout environné d'épaisses broussailles, au fond duquel s'élevait une maison de torchis à deux étages, construction fort luxueuse pour la contrée.

La porte du rez-de-chaussée était ouverte, et laissait voir un homme de haute taille, vêtu d'une veste ronde et

d'un pantalon de toile bise, et se promenant de long en large, les mains
passées sous une lanière de cuir qui lui
ceignait les reins.

Un de ces grands chandeliers de bois
qu'on nomme *bégauts* en Bretagne,
et qui ressemblent à une potence, soutenait une mèche enduite de résine qui
brillait et fumait au milieu de la salle.

Maurienne et Freluquet s'approchè-
rent de la porte avec des précautions
infinies.

— Qu'est-ce que cet homme? demanda le jeune officier à son sergent.

— Un Chouan, répondit Freluquet.

— Faut-il entrer?

— On doit toujours transporter le

théâtre de la guerre en pays ennemi, répliqua l'ex-garde-française.

Et il pénétra dans la maison.

— Bonjour, mon ami, dit-il au paysan.

Au lieu de répondre, celui-ci s'arma précipitamment d'un fusil et croisa la baïonnette sur Freluquet.

Mais le vétéran avait mis son sabre à la main, et se tenait à la parade, le poing appuyé sur la hanche, le talon droit perpendiculaire au pied gauche et le corps effacé.

— Qu'avez-vous donc, brave homme? reprit-il en regardant le paysan d'un air goguenard.

Celui-ci riposta à cette bravade par un vigoureux coup de pointe.

L'ex-garde-française saisit l'arme de son adversaire, et il se préparait à lui rendre la balafre qu'il avait reçue jadis sur les bords du Rhin, quand M. de Maurienne intervenant :

— Rengaîne, Freluquet, dit-il. Nous n'avons pas l'intention de maltraiter cet honnête Breton. Nous sommes des voyageurs égarés, et nous le prions de nous indiquer la route de Saint-Gildas.

Profitant du secours inespéré qui lui arrivait, le Chouan s'échappa en répétant le cri d'alarme :

— Les bleus ! les bleus ! les buveurs de sang !

A sa voix, cinq ou six individus sortirent des broussailles. Ils se ruèrent dans la maison, et s'alignèrent en face de M. de Maurienne et de son sergent, qui, de leur côté, s'étaient adossés à la muraille, un pistolet à chaque poing.

L'attitude menaçante des deux braves parut intimider les paysans.

Un d'eux, vieillard à longue chevelure blanche, dont on voyait briller l'œil fauve sous l'aile immense de son chapeau, s'approcha de M. de Maurienne.

— Rends tes armes, fit-il.

— Si tu les veux, viens les prendre, répondit le lieutenant.

— Oui, viens les prendre, répéta Freluquet en corroborant par un énergique juron les paroles de son lieutenant.

— Chargez les fusils, mes gars, reprit le Chouan.

— Je tue le premier d'entre vous qui fera mine de remuer sa canardière, s'écria Félix.

Les paysans bretons demeurèrent immobiles.

N'osant affronter les chances d'une lutte, honteux de leur irrésolution, ils semblaient se consulter du regard.

— Si ça doit durer long-temps comme ça, leur dit Freluquet, apportez-nous quelque chose à boire, mes petits anges en sabots.

— Que venez-vous faire ici? demanda le vieillard qui jouait le rôle d'orateur.

VII.   15

—Le hasard nous a conduits dans cette caverne de brigands, répondit M. de Maurienne. Nous nous sommes perdus en allant à Saint-Gildas.

—Eh bien ! sortez.

— Oui, qu'ils sortent, répétèrent les paysans en ouvrant un passage à leurs prisonniers.

—Non pas, s'il vous plaît, mes doux agneaux, dit M. de Maurienne ; puisque nous sommes entrés dans cette masure, nous y coucherons.

— Tu voulais aller à Saint-Gildas il n'y a qu'un instant, fit l'individu que Fréluquet avait failli sabrer.

— C'est qu'alors nous n'avions pas eu plaisir de lier connaissance avec tes amis, répliqua l'officier. Vous quitter sitôt! rusés chasseurs d'hommes que vous êtes, ce serait malhonnête de notre part. Vous nous feriez la conduite à travers les broussailles, et nous tenons à ne pas vous déranger.

— Donnez-nous un lit et trempez-nous la soupe, bourgeois, ajouta gaîment Freluquet.

Les Chouans se réunirent à l'écart et tinrent conseil à voix basse; puis l'interprète de la troupe, s'adressant à M. de Maurienne,

— Bien que tu sois un ennemi, lui dit-il, les Bretons ne te refuseront pas l'hospitalité que tu réclames. Cet escalier conduit à une chambre où se trouvent deux lits; on te permet

d'y passer la nuit avec ton compagnon.
Allons, mes gars, enjambez cette échelle
et débarrassez-nous le pavé.

— Qu'un d'entre vous nous donne
l'exemple, répondit l'officier.

— Ah ! t'en faut-il de ces précautions,
gredin, s'écria le diplomate à veste de
bure. — Croixanvec, poursuivit le vieillard en frappant la terre de la crosse de
leur fusil, allume une chandelle au *bé-
gaut*, et montre à ces mâtins la route de
leur chenil.

Le paysan interpellé obéit et se dirigea vers l'escalier en invitant les étrangers à le suivre.

— Passe après ce drôle, Freluquet,
dit M. de Maurienne à son sergent, et,

au moindre signe de trahison, lâche-lui ton coup de pistolet à bout portant dans les reins.

— Je n'y manquerai pas, lieutenant, répondit l'ex-garde-française ; rapportez-vous en à moi.

Freluquet et le paysan commencèrent à gravir les marches de bois qui menaient à l'étage supérieur de la maison.

M. de Maurienne s'engagea après eux dans l'escalier ; il montait à reculons, montrant toujours aux Chouans les canons de ses deux pistolets armés.

IV.

Le premier soin des militaires quand ils furent demeurés seuls dans leur chambre, fut de s'y barricader.

Freluquet plaça une des lourdes couchettes qui en composaient l'ameublement en travers de la porte. Puis, se dressant vis-à-vis de M. de Maurienne,

— Dans quel guêpier sommes-nous tombés, lieutenant ! lui-dit-il.

— Nous avons commis une grave imprudence, répondit le jeune homme.

— Et le poste de Marzan !

— Et la hutte de Margaret !

— Que répondront demain Dévorant et M. de Novion à la ronde-major qui les visitera ?

— Que deviendra ma chère Louise, si elle a besoin de notre secours ?

— Ah ! reprit Freluquet en poussant un gros soupir, en voilà une pilule comme les apothicaires de l'hospice n'en préparent pas !

— Damné pays ! répliqua M. de Maurienne.

Il s'approcha de la fenêtre, et con-
templa en silence l'immense panorama
qui se déroulait devant lui.

La maison où il se trouvait prisonnier
s'élevait au bord des grèves blanches et
semées de larges ombres. Elle occupait
le fond d'un golfe dont on voyait s'ar-
rondir au loin les rives capricieusement
festonnées.

A égale distance des deux bords scin-
tillait une traînée de lumière que pro-
jettait la lune, quand les nuages ces-
saient de couvrir son disque d'argent.

Trois ou quatre îlots dessinaient leur
masse noire au milieu de l'azur des flots,
et toujours s'allongeait du nord au sud
la grande silhouette blanche des granits
qui défendent Quiberon.

La lune éclairait l'intérieur de la chambre occupée par les bleus. Au fond, près de la porte, s'articulait dans les ténèbres la mâle figure de Freluquet.

L'ex-garde-française s'était jeté sur son lit, et observait son lieutenant, qui, debout et pensif, songeait aux moyens de tromper la surveillance des Chouans.

M. de Maurienne se pencha bientôt à l'oreille du sergent :

—Ami, lui dit-il, nous ne sommes probablement pas à plus d'un quart de lieue de la hutte de Margaret ; nous la retrouverons facilement en suivant les grèves, si toutefois nous pouvons échapper aux paysans qui nous gardent. Couchons-nous donc, et feignons de dormir. Dans une heure, quand ces damnés

Bretons nous jugeront assoupis, nous descendrons par cette fenêtre ; à l'aide d'une couverture, peut-être atteindrons-nous le sol sans bruit.

— Pourquoi donc n'avez-vous pas battu en retraite, lieutenant, quand ces brigands consentaient à nous livrer passage ? demanda Freluquet.

— Malheureux ! fit M. de Maurienne, jamais nous n'aurions rejoint notre bataillon. Les Chouans n'ont pas osé nous attaquer en face ; mais ils nous eussent fusillés à l'aise en s'embusquant sur notre chemin.

Le jeune homme s'étendit tout habillé sur sa couchette.

Pendant une demi-heure, on n'entendit dans la cabane que les sifflemens aigus du vent d'ouest, qui se brisait aux angles du fragile édifice, et le roulis monotone de la marée montante, dont les vagues poussaient et ramenaient sans cesse de bruyans amas de galets.

Tout-à-coup il sembla à Freluquet, toujours alerte et vigilant quand un danger le menaçait, il lui sembla, disje, ouïr les planches de l'escalier voisin craquer sous les pas d'un homme. Il prêta l'oreille, et le bruit se renouvelant par intervalles égaux, il quitta son lit et s'approcha de celui de M. de Maurienne.

L'officier ne dormait pas.

— Quelqu'un monte vers nous, lui dit-il.

—Silence, murmura le lieutenant.

Félix se mit à respirer bruyamment comme s'il eût été plongé dans un profond sommeil.

Le bruit qui avait attiré l'attention de Freluquet se rapprocha de plus en plus. Les deux amis acquirent enfin la certitude qu'un des Chouans se tenait aux écoutes auprès d'eux.

— Faut-il que je lui envoie une balle à travers la porte? demanda Freluquet à M. de Maurienne.

Le lieutenant fit un geste négatif.

Alors ils entendirent une clef pénétrer dans la serrure, dont le pêne glissa dans sa rainure de fer. Puis l'escalier gémit de nouveau ; mais les craquemens du bois allaient en s'affaiblissant, et ils cessèrent bientôt tout-à-fait.

On les avait enfermés.

Freluquet colla son oreille au plancher.

Il se releva un instant après, les yeux démesurément ouverts et la mine effarée.

— Qu'y a-t-il? lui demanda M. de Maurienne.

— Ils disent que nous sommes endormis.

— Et puis?

— Que la nuit devient sombre, et

que le marquis de Kergoëlan doit s'impatienter.

— Le marquis de Kergoëlan! répéta l'officier.

— Oui. Et l'un de ces misérables a recommandé aux autres de viser juste, et de ne pas faire souffrir la femme...

— Quelle femme? interrompit vivement Félix.

— La vôtre, lieutenant.

— Oh! c'est la Providence qui nous a conduits ici, ajouta M. de Maurienne en quittant son lit.

On entendit à l'extérieur une troupe d'hommes marcher sur le sable.

Félix vit à travers la fenêtre les

Chouans armés se diriger du côté de la mer.

Freluquet tira son couteau de sa poche et leva rapidement la gâche de la serrure.

Cependant, M. de Maurienne observait avec soin les mouvemens des paysans bretons. Bien que le temps se fût obscurci, aux clartés blafardes qui tombaient des nuages, il distingua parfaitement un canot qui sortit d'une anse à un signal donné.

Ceux qui le montaient descendirent sur le rivage et se réunirent aux Chouans. Puis, tous ensemble traversèrent les grèves et gagnèrent l'immense plaine de broussailles où les militaires s'étaient auparavant égarés.

Quatre paysans armés ouvraient la
marche; venait ensuite une jeune femme
bâillonnée sans doute (car elle ne poussait pas un cri), que deux hommes en-
traînaient malgré sa résistance.

Derrière s'avançait un huitième individu que Félix crut reconnaître, malgré la simplicité de son costume;

C'était le marquis de Kergoëlan.

Ce cortége funèbre, au milieu des
harmonies sauvages de la grève bre-
tonne, des rafales du vent d'ouest, des
gémissemens de la vague, avait quelque chose de saisissant.

Dans sa préoccupation, M. de Maurienne ne s'était pas aperçu que Freluquet, après avoir déplacé son lit, était

descendu à pas de loup au rez-de-chaussée de la maison.

Le sergent lui frappa sur l'épaule.

— La route est libre, mon lieutenant,
dit l'ex-garde-française ; nous n'avons
pas une minute à perdre. Sortons.

Freluquet, prévoyant par caractère
et pillard par état, mit une couverture
sous son bras, et conduisit son officier
vers les genêts, au milieu desquels les
satellites de M. de Kergoëlan commen-
çaient à disparaître.

Chemin faisant, tous deux renouve-
laient l'amorce de leurs pistolets et en
essuyaient les batteries, mouillées par
l'humidité du soir.

Le marquis, sa fille, ou plutôt sa victime, et les bourreaux qu'il avait pris à gage, marchaient par un étroit sentier vers un carrefour propre à devenir le théâtre d'une exécution.

En entrant dans ce lieu funeste, Mme de Maurienne laissa échapper un gémissement qu'étouffa le bâillon dont on lui avait couvert la bouche. Ses regards avaient rencontré une fosse béante ; cette fosse lui était destinée....

A elle, si jeune, si belle, si avantageusement douée et par la nature et par la fortune, et qui avait dans l'avenir tant de bonheur à attendre d'une union suivant son cœur.

On la traîna jusqu'auprès d'un ajonc au tronc noueux.

M. de Kergoëlan s'avança vers elle, et d'une voix brève :

— Tu as foulé aux pieds les lois de l'honneur et les préceptes de notre sainte religion, lui-dit-il ; tu as entretenu, au mépris de tes devoirs et du nom sans tache que tu portes, un commerce infâme avec un officier des bleus ; ton père, dont tu fais la honte, te renie et te condamne à mort. Tu n'as plus que quelques minutes à vivre ; recommande ton âme à Dieu.

Pâle, éperdue, la poitrine pleine de sanglots qui la suffoquaient, Mme de Maurienne voulut se dégager par un effort désespéré des liens qui étreignaient ses bras. N'y pouvant réussir, elle tomba à deux genoux par terre, et adressa une fervente prière au Ciel.

— A vous autres maintenant, les gars, dit M. de Kergoëlan aux quatre coquins armés qui s'étaient alignés vis-à-vis de Louise.

Et il s'éloigna.

Ceux des Chouans que Félix avait vus traîner Mme de Maurienne au supplice la relevèrent, et se mirent en devoir de l'attacher au brin d'ajonc au pied duquel on voulait la sacrifier. Et déjà les bourreaux de Louise apprêtaient leurs armes, lorsque deux hommes se ruèrent sur eux à l'improviste, et de deux coups de pistolet blessèrent un des quatre exécuteurs, et en étendirent un autre raide mort sur le gazon.

Les paysans abandonnèrent précipitamment leur victime.

M. de Maurienne courut à sa femme et la délivra.

V.

Après ce coup hardi, les bleus franchirent tout d'une haleine un long espace de terrain, cherchant à mettre en défaut, par mille détours, la sagacité des paysans bretons.

Quand il se jugea suffisamment protégé par l'épaisseur des broussailles,

M. de Maurienne s'arrêta et débarrassa
Louise de son bâillon et de ses liens.

—Fuyons, fuyons encore, Félix, tandis que ces misérables s'appellent et se
remettent de leur trouble, dit la jeune
femme. haletante d'émotion.

—Sois sans crainte, chère Louise,
répondit l'officier. Aucun d'eux n'osera
nous attaquer maintenant, et, s'ils en
avaient le courage, nous sommes assez
forts pour leur résister.

— Quelle horrible soirée ! reprit
Mme de Maurienne.

—Horrible en effet, répéta Félix.

—Mon père m'a enlevée de la hutte
de Margaret, m'a placée dans une barque et transportée ici... où ses bourreaux m'attendaient.

—Les haines politiques de cet homme l'ont rendu plus cruel qu'une bête fauve, poursuivit M. de Maurienne.

—Tu m'as vue agenouillée, recommandant mon âme à Dieu, ajouta Louise?

—Oui.

—Tu as entendu les assassins du marquis de Kergoëlan préparer leurs armes?

—Oui.

—Eh bien! pendant qu'on m'attachait vis-à-vis d'eux à un poteau, devant la fosse qui attendait mon cadavre, j'espérais, Félix.

—Tu ne croyais pas mourir?

—Non. Oh! j'étais sûre que tu me

secourrais, dit la jeune femme d'une voix pénétrée de reconnaissance et d'a- mour. Je t'avais deviné près de moi ; je savais qu'il m'était également impos- sible de vivre ou de mourir sans mon Félix bien-aimé.

Et Mme de Maurienne abandonnait son corps souple et frêle aux bras de son mari, qui l'étreignait convulsive- ment.

Freluquet avait rechargé les deux pistolets dont les Chouans venaient d'essuyer le feu. Il en présenta un à son officier, en lui disant :

— Lieutenant, pardon, excuse, si je vous interromps ainsi que madame votre épouse : voici votre crucifix à ressorts prêt à donner sa bénédiction.

— Tu es homme de précaution, Freluquet.

— C'est vrai, mon officier, répondit
l'ex-garde-française. Il déploya la couverture qu'il avait dérobée aux Chouans.

— A preuve, continua-t-il, que je
me suis pourvu d'un châle pour madame votre épouse, que le vent pour-
rait enrhumer. Ça n'a pas le moelleux
d'un velours; mais nous ne sommes
pas à la noce cette nuit.

Tout en causant, Freluquet appli-
quait l'un contre l'autre les bouts op-
posés de son carré d'étoffe. Puis, quand
il l'eut ployé en deux, il l'éleva à la
hauteur de sa poitrine, et, passant derrière la femme de son lieutenant,

— Permettez à un troupier, Madame,

lui dit-il, de jeter sur vos épaules cette dépouille de l'ennemi.

—Tu seras toujours pillard, Freluquet, interrompit M. de Maurienne.

—Mon officier, repartit l'ex-garde-française, j'avais prévu qu'un des Chouans dormirait ce soir dans un lit où l'on n'a pas besoin de couverture de laine, et je m'étais emparé de la sienne pour m'en servir en cas d'évènement.

En même temps Freluquet laissa tomber sa prise sur les épaules de Mᵐᵉ de Maurienne, qui le remercia en souriant.

— Maintenant, reprit l'ex-garde-française, gagnons Sarzeau bien vite.

Cet enragé marquis va lancer tous les Chouans du pays à nos trousses; eux et leurs chiens nous traqueront dans ces genêts comme des loups.

—En avant! s'écria Félix. Du courage, chère Louise, poursuivit le jeune homme en s'adressant à Mlle de Kergoëlan.

—J'en aurai pour te suivre, mon ami, répliqua Louise. Mon bon Freluquet, veuillez nous montrer le chemin, ajouta la jeune femme.

Elle prit le bras de son mari; la joie brillait dans ses yeux.

—Le vent souffle de l'ouest, dit l'ex-garde-française. En lui tournant le dos, nous irons nous casser le nez

tout juste sur les masures de Sarzeau :
c'est certain.

Il tira son sabre et se mit en route,
prêtant l'oreille au moindre bruit, éven-
trant de son épée tous les buissons au
milieu desquels un homme aurait pu se
cacher.

Louise marchait sur ses traces, soutenue par Félix.

Ils s'avancèrent à grands pas vers Sarzeau pendant un quart d'heure environ.

Les ténèbres qui les enveloppaient
étaient devenues peu à peu si épaisses,
que les voyageurs avaient peine à se
conduire; ils trébuchaient à chaque instant.

Des vapeurs grisâtres parcouraient

l'espace, emportées par la brise de mer.
Bientôt une portion de ces nuages vint
s'abattre en tourbillonnant sur Freluquet.

L'ex-garde-française s'arrêta presque
asphyxié. Ce n'était pas de l'air qu'il
respirait, mais bien de la fumée.

Ses compagnons le rejoignirent.

Freluquet se retourna vers eux.

Un éclair illumina sa figure et jeta
sur la campagne de sinistres reflets.

Puis tout rentra dans l'obscurité.

Le vétéran montra l'occident du geste
à M. de Maurienne et à sa femme. Des
lueurs rouges rayonnaient au loin dans
les airs.

— Un incendie ! murmura Louise.

Freluquet hocha la tête.

Alors le vent redoubla.

Un bruit sourd et continu, semblable à celui de la foudre, gronda dans le lointain. De brillantes lumières s'élancèrent des ténèbres et décrivirent un cercle immense autour des fugitifs.

— Nous sommes perdus; les brigands ont mis le feu aux broussailles, s'écria Freluquet.

Après avoir couru de l'ouest à l'est, ainsi qu'une traînée de poudre qui brûle, les flammes s'abaissèrent et se perdirent dans les sombres profondeurs du ciel.

Mais autour de la masse noir des steppes, les réverbérations de l'embra-

sement devinrent plus vives, et il s'y
mêla quelques bribes de bois incandes-
cent, blanches comme des étoiles dans
un océan de feu.

— Sortons du fourré avant que l'incendie ne nous atteigne, dit M. de
Maurienne.

Freluquet continua sa route, mais la
tête penchée sur la poitrine, les yeux
tristement baissés.

On devinait facilement, à le voir, que
toute espérance de salut l'avait abandonné.

Une troisième fois l'incendie dressa
contre le ciel ses festons de flammes
bizarrement déchiquetées. Le fléau approchait rapidement, rasant la terre

et consumant tout par sa dévorante activité.

— Fuir est inutile, reprit Freluquet. Avec un vent pareil, le feu parcourt plus d'espace qu'un cheval lancé au galop ne serait capable d'en franchir.

— Que faire alors? demanda Louise.

— Je ne sais, murmura le sergent.

— Nous nous sommes arrêtés, en venant ici, sur un plateau sans végétation, fit M. de Maurienne, où le feu ne trouvera point d'aliment; tâchons de le découvrir et de nous y réfugier.

Ces paroles du lieutenant ranimèrent Freluquet et Louise; les voyageurs s'enfuirent devant l'élément destructeur qui les poursuivait.

Des tourbillons de fumée les enveloppaient à chaque pas et les forçaient de suspendre leur marche.

L'incendie, fouetté par le vent, élevait et abaissait tour à tour sa voix tonnante, qui ne cessait de hurler. Il semblait que le paysage s'arrondît ou se creusât tour à tour, suivant que de sinistres clartés l'inondaient ou le laissaient, en s'éteignant, dans une affreuse obscurité.

La clairière que M. de Maurienne avait indiquée à son sergent ne montrait nulle part ses basaltes taillés en aiguilles.

L'énergie de Louise commençait à l'abandonner.

— Je suis fatiguée, la peur a para-

lysé mes forces, dit-elle. Félix, sauve-
toi; je dois mourir ici : Dieu m'a con-
damnée.

— Non, non; s'il faut mourir, nous
mourrons ensemble, s'écria M. de Maurienne avec désespoir. Il prit sa femme
entre ses bras et marcha pendant cinq
minutes encore avec cette énergie sur-
humaine qu'inspire le désespoir.

Enfin, il trébucha sur une racine
d'ajonc et tomba avec son fardeau.

Il ne chercha plus à fuir; il contem-
pla, dans une morne stupeur, la mort
s'avancer.

Les steppes présentaient alors un aspect à la fois terrifiant et magnifique.

L'horizon était environné d'une large

ceinture de flammes, dont les pointes aiguës s'allongeaient dans des torrens de blanche fumée. On les voyait parfois se courber sous le vent et couvrir le sol de leurs nappes ondoyantes; puis, à la rafale suivante, elles envahissaient d'un coup tout l'espace sur lequel elles s'étaient abaissées.

L'air que respiraient les deux amans s'embrasait. Ils pouvaient distinguer, tant la lumière était vive autour d'eux, chaque buisson, chaque feuille, chaque épine. Ils entendaient les genêts pétiller, les troncs noueux des ajoncs se fendre, les hêtres répandus çà et là dans la campagne se rompre et s'abattre sur un lit de charbons ardents.

Ils comprenaient en ce moment, à

voir le progrès du feu, combien il leur
était impossible de se dérober à ses fu-
reurs.

M. de Maurienne chercha des yeux
Freluquet ; mais en vain.

Poussé sans doute par l'instinct irrésistible de la conservation, désirant pro-
longer sa vie de quelques minutes, l'ex-
garde-française avait abandonné son
lieutenant.

En toute autre circonstance, l'égoïsme
de Freluquet eût causé à M. de Maurienne une peine atroce ; mais en ce
moment la douleur qu'il en ressentait
s'effaça et se perdit parmi ses autres
douleurs.

Il se rapprocha de Louise, qui, muette

et résignée, attendait la fin de son agonie.

— A quoi pensez-vous, ma bien-ai-
mée ? lui dit-il.

— A Dieu, répondit la jeune femme,
et... à vous, Félix.

— Nous ne serons pas séparés du
moins, poursuivit le lieutenant.

— Je l'espère. Prions Dieu ensemble
qu'il nous pardonne nos fautes, car nous
avons été bien coupables ; et qu'il nous
reçoive dans son repos éternel.

Ils se turent. Tous deux priaient.

— Dieu est bon, reprit l'officier ré-
publicain. Il aura pitié de nous.

— Offrons-lui notre mort en expia-
tion, ajouta Louise.

Un brandon vint tomber devant eux.

— Nous souffrirons trop longtemps si nous restons ici, dit M. de Maurienne. Plaçons-nous dans une touffe de broussailles plus épaisses; le feu nous aura plus tôt consumés.

Ils se traînèrent jusqu'à un massif de genêts, au centre duquel ils s'assirent l'un auprès de l'autre, afin que le trépas ne séparât point ceux que l'amour avait unis.

Ils avaient à peine achevé ces tristes préparatifs que les flammes débordèrent sur eux. Elles s'allongèrent, se tordirent, se contournèrent en spirales au-dessus de leurs têtes, avec un fracas effrayant. Ils mirent involontairement les mains devant leurs yeux pour se ga-

rantir de la lumière fulgurante qui les
avait enveloppés.

— Adieu, fit M. de Maurienne.

— Adieu, répéta Louise.

— Encore une rafale, et notre supplice sera fini, ajouta Félix.

Tout-à-coup des pas précipités se fi-
rent entendre auprès des deux agoni-
sans.

Un homme leur apparut; il regardait autour de lui, et bientôt sa voix
retentit au milieu du tumulte de l'incendie.

— Lieutenant, lieutenant! où êtes-
vous? criait-il.

— Ici, dans le fourré, mon brave,
répondit M. de Maurienne qui reconnut Freluquet. Viens mourir avec nous.

Le vétéran saisit Louise à la taille,
la souleva, la chargea sur ses épaules,
et l'emporta en jetant ces paroles sur
son chemin :

— Suivez-moi, lieutenant. Nous sommes sauvés... sauvés... sauvés !

VI.

Le vent d'ouest n'était plus qu'une faible brise qui ondulait sur les steppes couvertes de débris fumans. Une pluie fine et serrée tombait du ciel et se vaporisait en grésillant à la surface du sol.

Freluquet écarta un coin de sa couverture, laquelle, après avoir servi de châle à Mme de Maurienne, fermait l'entrée d'une grotte profonde, creusée au flanc d'un rocher.

C'était là que nos trois voyayeurs s'étaient réfugiés.

Lorsque Freluquet mit le nez hors de sa retraite, de rares bouquets de bois flambaient encore dans la campagne, mais l'incendie avait cessé.

Certain qu'on pouvait sortir sans péril de la caverne où il avait transporté si à propos, Mme de Maurienne un quart-d'heure auparavant, l'ex-garde-française tint conseil avec Félix, et ils résolurent de gagner Pénerf et de s'y embarquer sur le premier canot qu'ils trouveraient.

Ils arrivèrent sains et saufs au poste

de Marzan, après avoir recueilli sur le rivage le cadavre de Margaret.

Personne ne s'était aperçu de leur absence.

Rien ne troubla plus, depuis lors, l'heureuse union de Louise et de son amant.

VII.

Un jour, tandis que la gloire impériale était à son plus haut période, M. le général de brigade comte Félix de Maurienne reçut l'ordre d'occuper une petite ville d'Allemagne avec deux régiments d'infanterie de la garde.

Il venait de s'installer dans le logement que le bourgmestre lui avait fait préparer, et travaillait à sa correspondance, lorsqu'un officier d'ordonnance, sur la poitrine duquel brillait l'étoile de la Légion-d'Honneur, entra et se plaça devant son général, le revers de la main droite appuyé sur l'aigle d'argent de son bonnet à poil.

M. de Maurienne releva la tête :

— Que veux-tu, Freluquet? demanda-t-il au capitaine.

— Mon général, répondit Freluquet, un émigré français a refusé de quitter la ville à notre approche, et le bourgmestre, comme qui dirait le maire de

cette localité, vous l'envoie entre quatre fusiliers.

— Mets les fusiliers à la porte, reprit
M. de Maurienne, et prie l'émigré de
détaler au plus vite. Je ne suis point
chargé de procurer l'arrestation de pareils entêtés.

Freluquet sortit pour exécuter la
consigne de son chef; mais il reparut
un instant après.

— Mon général, dit-il, le pékin ne
veut pas s'en aller.

— Cet homme est-il fou? répliqua
le jeune maréchal-de-camp, très-vive-
ment contrarié.

— Il me semble que je connais le
particulier, ajouta Freluquet. Je gage-

rais que j'ai vu cette *frimouse-là* quelque part.

— Introduis-le, fit M. de Maurienne
en quittant son travail.

Un homme âgé, vêtu de noir, au
front chauve, que les fatigues, les chagrins ou la vieillesse avaient fort cassé,
se présenta.

Le comte se leva pour le recevoir,
et lui désigna du geste un fauteuil.

L'inconnu s'assit; M. de Maurienne
l'imita.

— Vous êtes émigré, Monsieur? lui
demanda Félix.

— Oui, général.

— Pourquoi n'avez-vous pas sollicité
la permission de rentrer en France? Sa

Majesté l'Empereur vous eût accordé cette faveur avec plaisir.

— Je ne l'ai pas voulu.

— Je regrette que vous n'ayez pas abandonné cette ville à l'approche de ma brigade. C'est de votre part une imprudence qu'il faut réparer. Prenez un cheval, et partez.

— Je vous remercie, Monsieur, de vos offres généreuses, répondit le vieillard, mais je ne les accepte pas. Je ne puis plus revoir mon pays, où je ne retrouverais que des souvenirs déchirans; je m'ennuie à l'étranger; je suis fatigué de vivre, et je me livre à vous.

— Monsieur, repartit vivement Félix de Maurienne, si vous persistez dans vo-

tre résolution, dont je ne connais pas
et ne désire pas connaître les motifs, je
vais être forcé de vous faire arrêter. Sa
Majesté l'Empereur décidera de votre
sort.

— Oh ! je sais parfaitement ce qu'or-
donnera votre Empereur à mon égard,
général, répliqua l'émigré en souriant
avec tristesse. J'ai porté les armes contre la France dans toutes les guerres
qu'elle a soutenues depuis douze ans;
je dois être considéré comme traître,
et, suivant les lois militaires, fusillé.

— Mais, Monsieur......

— Veuillez recevoir ma déclaration,
interrompit l'obstiné vieillard.

— Comme il vous plaira, répondit

le jeune maréchal-de-camp. Votre nom?

— Marquis de Kergoëlan.

Le comte de Maurienne recula ter-
rifié.

A ce mouvement de Félix, les yeux
de l'émigré s'animèrent; son visage pâle
se colora subitement. Il lança à son interlocuteur un regard dans lequel avait
passé toute l'énergie de son âme, et vint
appuyer ses mains sur le bureau qui le
séparait de l'officier français.

— Et vous, vous, Monsieur, comment vous nommez-vous? demanda-
t-il.

— Général de Maurienne, répliqua
Félix.

Le vieillard cacha sa figure dans ses
mains.

— Ma fille! ma fille! qu'est devenue ma fille? s'écria-t-il avec l'accent d'une douleur désespérée.

M. de Maurienne s'était remis de son trouble, et le souvenir du passé, la présence de cet homme implacable, qui deux fois avait attenté aux jours de son enfant, avaient remué dans son cœur les fibres de l'indignation et de la haine.

Il quitta son fauteuil, et d'une voix pleine de reproche :

— Que lui voulez-vous à votre fille, père dénaturé? dit-il au marquis.

— Implorer son pardon, répondit M. de Kergoëlan, la voir, l'embrasser..... Oh! oui, l'embrasser et puis mourir, ajouta le malheureux émigré.

La porte d'une chambre voisine s'ouvrit, et une femme de trente ans environ, fraîche, blanche, belle de cette
beauté mûre dont l'éclat est brillant
comme celui d'un soleil d'automne, se
précipita dans les bras du marquis de
Kergoëlan.

Une délicieuse petite fille de six à sept
ans, qui avait les yeux bleus de sa mère,
le sourire de sa mère, la gracieuse dé-
sinvolture de sa mère, la suivait.

— Est-ce bien toi, ma Louise, que
je presse sur mon cœur? répétait M. de
Kergoëlan en couvrant sa fille de bai-
sers. Pardon, pardon pour tous les
maux que je t'ai causés. Je les ai expiés
par tant de remords, de larmes, d'hu-
miliations, de malheurs !

Mme de Maurienne ne répondait pas,
mais elle rendait à son père, avec
usure, les caresses qu'elle en rece-
vait.

Quant au général, il ne songeait
plus à sa colère. Il était au comble du
bonheur, et il s'empressa d'appeler son
ami Freluquet.

— Le marquis de Kergoëlan, lui
dit-il.

— Ah! fichtre! répondit l'ex-garde-
française en se grattant l'oreille.

— Dieu est bon, Dieu est juste, reprit M. de Kergoëlan à qui Louise venait de présenter sa petite Marie. Il ne
permet pas aux hommes d'assouvir toutes leurs passions mauvaises. Rendons-

lui grâce de ce qu'il vous a sauvés, mes enfans, dans cette nuit affreuse où....

Le vieillard n'osa pas achever.

— Faut avouer que ce soir-là vous nous avez crânement enfumés, compère, s'écria Freluquet.

— Oublions le passé et ne songeons qu'à jouir du présent, dit M. de Maurienne. Voici notre sauveur, beau-père, poursuivit le comte en frappant sur l'épaule de Freluquet.

M. de Kergoëlan tendit la main au vétéran.

— C'est pas de refus, dit l'ex-fédéré.

Et ces deux soldats de deux camps ennemis, ces deux représentans de deux partis si long-temps acharnés l'un contre l'autre, se serrèrent cordialement la

main en signe d'estime et de réconci-
liation.

M. de Kergoëlan rentra en France.

Il y retrouva ses biens, que l'Empereur avait rendus à Mme de Maurienne;
mais il n'y trouva plus ses vassaux, et
s'en consola.

Félix abandonna le service quand
Freluquet fut obligé de prendre sa retraite.

Le ci-devant garde-française mourut
en 1829, peu de jours après le marquis
de Kergoëlan, dans ce même château
d'Ardenac qu'il avait jadis assiégé.

FIN DE FRELUQUET.

LA VENTE DE NAPLES

ET

'LE ROI JOACHIM MURAT.

———

I.

La scène que nous racontons se passait, non pas dans cette partie du cimetière où dorment à l'ombre des cyprès, sous de fastueux mausolées de marbre, les princes, les barons, les monsignori, mais bien dans le champ désolé où se couche le lazzarone au soir de sa vie, sous une croix de bois.

Pas une étoile ne brillait au ciel.

Vous eussiez dit que sur votre tête voyageaient et se pressaient une foule d'ombres plaintives, tant l'orage sifflait douloureusement, tant le cœur se serrait de tristesse à ouïr s'entre-choquer les branches des arbres dépouillés. Au loin se balançaient, ainsi que des démons bercés par la rafale, de longues files de lumières, portant chacune de blanches vapeurs en auréole : c'étaient les réverbères de Naples, cette ville au *farniente*, où viennent se reposer tous les épicuriens de l'univers.

A l'horizon, les cimes du Vésuve ressortaient, enluminées par les reflets de leur poussière incandescente, que la tempête traînait à son gré dans l'espace en lambeaux de feu.

Les clartés d'un pâle crépuscule,
étendues sur le ciel en zône circulaire
glissaient sur les flots, encadraient d'une
riche bordure d'argent la côte de Pouz-
zoles, touchaient légèrement les dômes
aériens de la ville, les terrasses de ses
maisons aux balcons ciselés, et venaient
frapper deux figures d'hommes errants
parmi des tombeaux. L'un d'eux, revêtu d'un costume demi-bourgeois,
demi-militaire, la tête couverte du bé-
ret national des Italiens, semblait ap-
partenir à la classe riche de la société.
L'autre était un pauvre fossoyeur, drapé
comme un César de son manteau percé,
dont la dernière déchirure, hardiment
rejetée sur l'épaule, tombait sur l'aile
de son vaste chapeau ; car vous savez

que personne au monde ne sait porter
plus pittoresquement sa misère que le
mendiant napolitain.

Parmi les irrégularités du sol, qui
accusent des cadavres symétriquement
juxtaposés, ces individus cherchent un
petit carré de terre récemment soulevée, où la mort sera venue depuis peu
ensevelir un de ses funestes trophées.
Le lazzarone s'arrête après quelques
instants, et frappant sur l'épaule de son
compagnon, qui le précède :

— Maître, lui dit-il, c'est là !

Il quitte son manteau, saisit des deux
mains une pelle, et fouille le sol avec
activité. Il signor Marcellini s'arrête, et
contemple en silence la terre que Rubamorto rejette à l'autre bord du fossé.

Celui-ci soulève bientôt une bière entre ses bras de squelette, la rejette brusquement sur le sol, et vient s'accroupir auprès d'elle, comme une goule affamée.

En même temps le vent tomba, et l'on n'entendit plus que de larges gouttes de pluie frapper la feuille bruissante des cyprès, et la vague gémir, en se brisant à l'angle des quais, sur la pointe des rochers.

Vous êtes-vous jamais arrêté, aux Tuileries, à contempler l'admirable Vindicius de Kellers, écoutant avec horreur le projet de conspiration des fils de Brutus? tel se posa le lazzarone, tenant d'une main un large couteau dans la jointure des planches du cercueil. Il regardait Marcellini et souriait. Marcellini

lui jeta une pièce d'or; Rubamorto
abaissa son regard sur elle et le releva
pour dire :

— Encore.

Marcellini en laissa tomber une seconde : le bois cria sous le couteau du
fossoyeur, et de la bière sa main cal-
leuse retira la dépouille d'un enfant
nouveau-né.

Marcellini alluma une bougie et se
pencha sur le cadavre. Il remarqua, autour d'une profonde meurtrissure, des
marques non équivoques de strangula-
tion.

— C'est bien, murmura-t-il, je m'en
doutais...

Et il s'éloigna.

Le lazzarone laissa retomber le mort,

dont il n'avait plus rien à faire, et jeta sur lui avec insouciance les planches du cercueil, et la petite portion de terre que la religion donne au pauvre qui n'a jamais rien eu, comme au riche qui possédait tout. Ensuite il ramassa son or, se signa dévotement, et, regagnant sa maison, il pensait au lendemain pour la première fois : il divisait ses ducats en une quantité indéfinie de limonade à la glace et d'aunes de macaroni.

II.

Rien n'égalait le bonheur du colonel
Gennaro Paleone. Il habitait, sur le
penchant du Pausilippe, une petite villa
tout élégante et toute coquette, dont
les fenêtres aux grillages dorés laissaient
pénétrer de toutes parts l'air, la fraî-
cheur et la lumière, et encadraient de
leurs délicates sculptures un paysage
délicieux. De là, on découvrait sur la

gauche les dernières maisons de Naples,
s'arrondissant en demi-cercle et fuyant
le long du rivage de l'antique Parthé-
nope, le pont de la Madeleine, courbé
comme une ligne noire sur le Sebeto
aux flots d'écume; puis le chemin de
Portici, le Vésuve aux mille teintes de
cuivre, d'or et de bronze, et l'admirable
côte de Sorrente, amas tumultueux de
montagnes, dont chacune porte son village en couronne avec un clocher aé-
rien. Au fond de cet immense bassin
de vignes, de moissons et de verdure,
dormaient les eaux du golfe de Naples,
ridées quelquefois par le sillage d'un
vaisseau, qui tourne et jette autour de
lui un reflet de neige d'un coup de sa
voile argentée.

Dans cette habitation vivait avec Gennaro une famille comme on se surprend quelquefois à en désirer une à trente ans, quand la solitude pèse à l'âme, quand on sent la nécessité d'unir à d'autres existences son existence errante et désolée. La signora Emilie Paleone appartenait à cette classe de femmes rares, qui répandent autour d'elles je ne sais quel parfum de paix, de joie, de félicité; qui aiment par instinct tout ce qu'il est bon et convenable d'aimer, Dieu, leur mari, leurs enfans; dont le sourire console, dont la voix harmonieuse calme les passions et prêche la vertu. La blancheur virginale de son teint, ses yeux bleus, les cheveux blonds qui encadraient sa figure de leurs spi-

rales dorées, révélaient son origine
française : c'était la femme du Nord
dans toute sa séduisante et mélanco-
lique beauté. Près d'elle grandissaient
deux jeunes filles à peu près du même
âge, l'une blonde et pensive comme sa
mère, l'autre vive et brune, qui sentait
bouillir dans ses veines le sang italien
de Gennaro.

Enfin, pour que le colonel n'eut rien
à souhaiter en ce monde, il possédait
un véritable ami, dont la joie augmen-
tait sa joie, dont la tristesse allégeait sa
douleur : depuis dix ans une affection
fraternelle l'unissait à Marcellini Lanucchi.

Le jour qui suivit la scène du cimetière que nous avons décrite, par une

belle soirée de printemps, tandis que le
soleil jetait à l'occident une immense et
radieuse tenture de pourpre et faisait
bondir ses rayons sur les croupes, tantôt verdoyantes et tantôt torréfiées, de
l'Apennin, Gennaro et Marcellini s'en-
tretenaient à voix basse, dans le jardin
suspendu qui couronnait la maison du
premier. Un bouleversement général
menaçait l'Europe ; l'Empire fondé par
Napoléon s'ébranlait ; les bataillons in-
nombrables des puissances coalisées l'envahissaient de toutes parts. En Italie, le
vice-roi, Eugène de Beauharnais, ne
suffisait plus à résister à l'Angleterre, à
l'Autriche, à Murat lui-même, dont nous
avons regret de rappeler ici les fautes,
car l'histoire les lui pardonnera, en con-

sidération de la difficulté des temps, et
plus encore par pitié pour ses malheurs.
Toutefois, quoique déjà la péninsule
entière fût en armes, c'est à peine si le
canon grondait à Civita-Vecchia, à An-
cône; on s'observait de part et d'autre,
on négociait, on conspirait sourdement,
jusqu'au jour où la France tomberait
percée de mille coups ou se relèverait
du champ de bataille, pour ressaisir ses
conquêtes de ses grands bras ensan-
glantés.

— Est-ce là votre dernier mot, Paleone? demandait Marcellini au colonel.

— Oui, répondit sèchement celui-ci.
Encore une fois, je m'isole de toute intrigue politique, et j'accepte d'avance

le gouvernement que la guerre doit nous imposer. Désormais, mon rôle ici-bas est de vieillir tranquille au coin de mon foyer, et d'assurer avant de mourir une existence heureuse à mes enfans.

— Cependant, fit Marcellini d'une voix émue, vous avez prononcé jadis le serment terrible des carbonari.

— C'est vrai, mais alors nous nous étions réunis pour soutenir Joachim, et non pour rappeler le Pape et votre prétendu roi constitutionnel, Ferdinand de Bourbon. Moralement, la *vente* que je promis de servir à cette époque n'existe plus aujourd'hui.

— Ne m'interrompez pas, Gennaro, reprit Marcellini. Puisque vous avez été admis dans la grande famille des carbonari, vous devez savoir que les frères qui la composent ne révèlent jamais imprudemment le dernier mot de leurs projets...

— Eh bien?

— Qu'avant de livrer leur secret à l'homme qu'ils ont jugé digne de le connaître, ils prennent à tout hasard en garantie quelqu'une de ces iniquités mystérieuses, que cache souvent la vie la plus tranquille en apparence, et la plus sainte...

— Oui, je connais tous ces moyens, et je les tiens pour infâmes, signor Marcellini.

— En sorte, poursuivit ce dernier, que celui dont la *vente* a dit : Tu m'ap-

partiendras, lui appartient en effet corps
et âme, même avant de s'en douter.

— Où veux-tu en venir? demanda à
son ami le colonel impatienté.

— A te prouver qu'au point où en
sont les choses, il te faut choisir entre
nous... et l'échafaud, ajouta Marcellini
en baissant la voix.

Le colonel sourit, mais d'un sourire
effrayant, où il y avait plus de terreur
encore que d'ironie.

— Oui, reprit son interlocuteur, tu
choisiras entre nous et l'échafaud. Tu
as appris nos conspirations, mais je savais tes crimes, Gennaro. La mère de
tes deux filles est-elle la seule femme
que tu aimes? Non : tu en aimes maintenant une autre, et tu la caches, celle-

là, à tous les regards, dans une pauvre maison du mont San-Martino Tu as eu un enfant d'elle que le monde ignore, et cet enfant, il a dû la vie et la mort à un double forfait : la vie à l'adultère, la mort à l'infanticide. Oseras-tu me donner un démenti.

—Misérable ! s'écria le colonel, mais tu inventes là d'atroces calomnies !

—Des calomnies qu'affirmeront, sous la foi du serment, Rubamorto le lazzarone, Marcellini, moi qui ai visité le cadavre, et le médecin Poverino, que ton or n'a pas corrompu. Au revoir, signor Paleone ; s'il vous prenait envie de rentrer dans la *vente* de Naples, rendez-vous ce soir à la villa Torrione, à minuit.

III.

Parmi ces montagnes arides de la Calabre, qu'on serait tenté de comparer à une troupe de géans frappés de la foudre, qui courent les uns après les autres se précipiter dans le détroit de Messine, il en est une que les dévots habitans du pays ont nommée le Monte-Sacro, sans doute en mémoire d'une

madone miraculeuse qui avait là son
trône et son autel. Elle s'étend de l'ouest
à l'est en un vaste demi-cercle ; sur son
flanc méridional se creuse, parmi des
roches abruptes, une grotte immense,
asile ordinaire des pauvres chevriers.
De là, on aperçoit au fond des gorges,
sur les bords des torrens, de misérables hameaux qu'un tremblement de
terre engloutira peut-être demain; le
mont Sagittario, d'où s'élance le vent
brûlant d'Afrique; au loin la Méditerranée promenant derrière la montagne
ses longues lames azurées.

Gennaro, craignant les révélations
de Lanucchi, avait renouvelé depuis
un mois ses sermens à l'assemblée de
la villa Torrione.

Dans cet espace de temps, s'étaient succédé en Italie deux révolutions subites. Le royaume de Naples, révolté de la Calabre aux Abruzzes, après avoir inutilement offert la couronne à Ferdinand de Bourbon, venait de retomber, faute de maître, au pouvoir de Joachim. Celui-ci, comprenant la grandeur du péril que lui sauvait la fortune, poursuivait les carbonari, auteurs de l'insurrection organisée contre lui, en vainqueur justement irrité. Paleone, ruiné, proscrit, fuyait avec eux.

Une lampe brûlait à terre au milieu de la grotte du Monte-Sacro; la lumière rougeâtre de cette lampe ondulait lourdement sur le sol, et se perdait partout dans de noires profondeurs : à

peine faisait-elle s'articuler çà et là quelques formes incertaines. Toutefois, dans
les anfractuosités du roc, se tenait cachée une troupe nombreuse, car on
entendait des cœurs d'hommes battre
dans les ténèbres, des poitrines aspirer
l'air, tous ces bruits inarticulés qui tra-
hissent la vie. Alors s'allongea une ombre
sur la voûte au-dessous de la lampe, et
une voix fit entendre le cri d'alarme :

— *Gli sbirri ! gli sbirri !*

Au même instant des ténèbres silen-
cieuses, qui semblaient dormir étendues autour de la caverne, s'élancèrent
cent personnes tremblantes : c'étaient
les restes des carbonari.

— Que faire ? demanda Barberino,
leur chef.

—Combattre et mourir, répondirent-ils en tirant leurs stylets.

Un d'eux se posa devant la lampe, étendit les bras sur les têtes de ses compagnons, et, promenant autour de lui son regard effaré,

—Oui, oui, vous dites bien, s'écriat-il ; nous mourrons tous ici comme des brigands ou des bêtes sauvages, car les gendarmes de Joachim gardent tous les défilés de la montagne, car il y a parmi vous deux traîtres qui vous ont livrés.

Il fallait voir ces faces d'Italiens au galbe effilé, à l'œil étincelant, comme la haine flamboya sur elles au mot de trahison! Dans leurs longues barbes noires, leurs lèvres s'appuyaient l'une à l'autre, se crispaient, se distendaient, et laissaient briller leurs dents de nacre. A ce moment de danger suprême, avant de tomber entre les mains implacables des sbires, ils avaient soif de vengeance et de sang.

—Frère, dit Barberino, en serrant la main de l'homme qui venait de parler, ces traîtres, les connais-tu?

Et, légèrement penché, il regardait fixement la terre, dans l'attitude grave d'un prophète qui demande au Ciel une inspiration.

—Oh! sans doute, je les connais, répondit le carbonaro avec exaltation.

L'un vivait loin des intrigues ténébreuses, avec une épouse adorée, doucement bercé par les caresses de deux

VII.   20

anges, venus du ciel se pencher sur lui
et sourire à ses vieux jours. Et vous,
lâches ennemis de tout pouvoir qui
chancelle, vous, dont l'existence se passe
à tramer dans l'ombre des révoltes qui
vous font pâlir en plein jour, vous avez
fouillé dans sa vie, vous y avez trouvé un
crime, un crime arraché à sa faiblesse
par une désespérante nécessité ; et avec
ce crime vous l'avez lié, bâillonné, traîné
à votre *vente,* là où vous avez acheté par
la menace de détestables sermens.

Puis, quand sur sa conscience vous
avez eu jeté le bandeau du fanatisme et
de la peur, vous l'avez lancé, lui, ses
enfans et sa femme, dans l'arène sanglante des conspirations; et ils s'y sont
heurtés, les malheureux, à la misère,

à l'exil, à la mort. Son repos, son nom, sa fortune perdus, sa femme morte, morte en maudissant l'avenir, et ses filles accroupies demi-nues au soleil des lazzaroni, voilà votre ouvrage, glorieux soldats de la constitution ! Eh bien ! maintenant que vous avez miné, décimé, dispersé sa famille, tuez-en le chef ; car lui a dirigé sur vos poitrines l'épée des sbires de Joachim ; car, à vous voir autour de lui épouvantés, il savoure le plaisir de la vengeance ; car vous ne savez pas vaincre, mais du moins vous savez assassiner. Eh bien ! ce traître, ce parjure, c'est Gennaro Paleone, c'est moi !... — L'autre... vous a livrés pour de l'or, et il se nomme

Marcellini, ajouta le colonel avec un sourire infernal.

La sentinelle se pencha une seconde fois sous la voûte cintrée de la caverne, glissa du roc où elle se tenait en observation, et se jeta au milieu des proscrits.

—Fuyons ! dispersons-nous ! s'écria-t-elle. Ils montent par le chemin creux de San-Pietro, et s'étendent en ligne autour de nous ; encore quelques minutes, et nous sommes cernés, perdus !

Barberino sortit, examina les sbires, qui manœuvraient à ses pieds, et, touchant à l'épaule un de ses carbonari les plus robustes, il lui désigna les coupables d'un geste forcené.

— La justice d'abord, dit-il, la fuite
après !

— Pardon, pardon ! je suis innocent, victime d'une atroce vengeance !
criait Marcellini ; car ce monstre, qui
m'accuse, poursuivit-il en désignant
Paleone, c'est moi qui devais le ramener parmi vous, moi qui l'ai connu
adultère, infanticide, et qui ai causé
sa ruine en exécutant tes ordres, Barberino !

— Dépêchons, dépêchons-nous ! le
temps presse, interrompit ce dernier :
signor Mario, à l'œuvre !

Le canon d'un pistolet s'appuya sur
la poitrine de Marcellini ; il tomba à
genoux, les yeux égarés, la bouche

entr'ouverte, les joues gonflées et tremblantes de terreur.

— Frères, répétait-il, que mon sang
retombe sur vos têtes ; car de vous
tous le plus dévoué, le plus fidèle, vous
l'assassinez aujourd'hui.

Barberino fixa sur lui son œil fauve :

— Tu es innocent ? reprit-il.

— Oui, ou que la justice de Dieu
m'anéantisse devant toi.

— Et Paleone coupable !

— Il s'est accusé lui-même.

— Eh bien ! moi, fit Barberino, chef
suprême de la *vente* de Naples, je condamne Paleone à mourir ; et je t'ordonne, à toi, Marcellini, de l'exécuter !

— Jamais ! jamais ! reprit l'infortuné en se tordant les mains avec an-

goisse ! J'ai mangé son pain dix ans...
Moi, le tuer !... Oh ! plutôt la mort !
mille et mille fois la mort !...

— Qu'il soit fait comme tu le veux !
dit l'implacablé Barberino, en montrant les condamnés à Mario.

Mais au moment où, replié sur lui-
même, Lanucchi attend le coup que
le bourreau lui prépare, il sent se ré-
veiller en lui cette atroce passion, cet
irrésistible fanatisme qu'on nomme
l'amour de la vie, qui donne au lâche
un effréné courage, et suscite dans son
cœur toutes les mauvaises passions. Il
se relève, s'arme de son poignard, et,
le bras étendu vers Paleone, il mesure
de l'œil l'endroit qu'il va percer.

A la stupide expression de son sou-

rire, à l'irrégularité de sa respiration,
qui frappe sa poitrine à grands coups,
aux pandiculations qui contractent ses
membres, on devine les déchiremens
de son âme, qu'il s'excite à l'audace,
à la haine, à l'amour du sang, et que
sa volonté retombe à chaque instant
sous cet horrible fardeau de crimes et
de remords qu'elle voudrait soulever.
Gennaro considère son ami d'autrefois
qui se prépare à devenir son meurtrier
et qui tremble; ses doigts serrent aussi
la poignée d'un stylet : Barberino et
ses compagnons restent spectateurs im-
passibles du duel à mort qui va s'engager entre eux.

Et quand les deux adversaires s'a-
vançaient l'un contre l'autre, quand

leurs mains mal assurées faisaient courir mille étincelles sur l'acier de leurs lames, alors parurent à l'entrée de la grotte les sbires de Murat, et le général Montigny, qui les commandait, somma les carbonari de se rendre. Ceux-ci s'élancèrent dans les ténèbres ; et les soldats ne virent plus devant la lampe que Paleone, frappé au cœur, se débattre dans les convulsions de l'agonie, et son meurtrier Marcellini, les bras étendus, qui tenait machinalement d'une main son arme sanglante, et cherchait un appui comme un homme pris de vin.

—Portez armes ! fit le général, aussitôt qu'il reconnut le cadavre de Paleone, qu'il avait ordre de sauver... En joue... feu !!

Une détonation sourde ébranla la caverne ; Marcellini tomba : çà et là on entendit des gémissemens, des cris lamentables, et, après un instant, de rapides éclairs jaillirent de la nuit ; une vive fusillade répondit à l'agression des gendarmes : une lutte désespérée commença.

Trois fois une nouvelle troupe de sbires remplaça celle que la mort avait décimée ; trois fois leurs fusils se baissèrent et foudroyèrent les proscrits. A chaque décharge répondaient de longues plaintes, des gémissemens, des blasphèmes, des coups de feu dirigés par le désespoir, et toujours meurtriers. Mais les premiers grandissaient, et les seconds se faisaient de plus en plus rares, comme les battemens du cœur, quand va se terminer l'agonie d'un mourant.

Placé derrière ses hommes, Montigny comptait aux lueurs sinistres du combat les corps qui tombaient, lorsque se traduisaient en éclats soudains, en clameurs déchirantes, ses paroles de sang.

La plupart des carbonari avaient mordu la poussière.

Le tambour battit la charge, et les vainqueurs s'avancèrent tête baissée pour recueillir au bout de leurs baïonnettes les restes de chair vivante que le plomb avait épargnés. Il y eut pendant quelques minutes une de ces épouvantables scènes où la rage s'assouvit en silence sur le courage vaincu, mais qui succombe sans demander merci. Barberino et quelques-uns de ses amis, adossés au rocher, regardaient s'avancer vers eux cette masse compacte de bourreaux, dont les ombres s'allongeaient sur le sol. Pas un souffle ne sortait de leur bouche : ils comprenaient leur sort et l'avaient accepté; c'étaient, rangées en ligne, quelques-unes de ces figures sublimes de désespoir que Géricault a peintes sur son radeau. Les sbires arrivèrent à portée de leurs coups; chacun d'eux plongea son stylet dans une poitrine, et sentit vingt baïonnettes le clouer au rocher. Des cris inarticulés s'échappèrent de leurs bouches; leurs bras, leurs jambes s'agitèrent dans des mouvemens convulsifs; ils tombèrent sur le carreau, inanimés, pantelans....

Et tout fut dit.

Ainsi finit, vers le milieu de juin 1814, la première insurrection contre Joachim, qu'avaient inopinément soulevée les malheurs de la France, l'arrivée du Pape à Rome, et surtout les intrigues des Anglais.

FIN DU SEPTIÈME ET DERNIER VOLUME.

TABLE.

—

FIN DE LA TABLE DU DERNIER VOLUME.

Saint-Germain-en-Laye. — Imprimerie de H. PICAULT.

www.ingramcontent.com/pod-product-compliance
Lightning Source LLC
Chambersburg PA
CBHW070208030726
47505CB00006B/1612